拡散希望
140字の死亡宣告

深澤えりか
ERIKA FUKAZAWA

Contents 目次

5	9月1日	月曜日
41	9月2日	火曜日
55	9月3日	水曜日
69	9月5日	金曜日
89	9月6日	土曜日
101	9月8日	月曜日
123	9月9日	火曜日
147	9月12日	金曜日
175	9月13日	土曜日
215	9月15日	月曜日
231	2月5日	木曜日

238 番外編
桜仙学院高等学校七不思議

248 あとがき

The Charcters 人物紹介

深澤えりか
ERIKA FUKAZAWA

私立桜仙学院高等学校の1年生。クラスメイトや家族ともそれなりにうまくやっていたけれど…。

葛西 蓮
REN KASAI

えりかの幼なじみ。背が高く、綺麗な顔立ち。特進クラスに在籍している。

森崎千鶴
CHIZURU MORISAKI

えりかの友達。とても可愛い。

四辻美紅
MIKU YOTSUJI

えりかのクラスメイト。乃愛たちにいじめられて、不登校気味だった。

廣瀬乃愛
NOA HIROSE

いじめの首謀者。四辻さんの写真をSNSを使ってばらまいた。派手で気が強い。

美紗
@misa_564219

【拡散死亡】この書き込みがTLに表示されたあなたは、必ず3日以内に死亡します。ただしこれをRWすれば、あなたが死ぬ確率は半分になります。また、あなたが死ぬ前に、この書き込みによる死者が108人に達した場合は、あなたは死を免れます。
あと108人 pic.writer.com/……

9月1日　月曜日

下校のチャイムが鳴った。
　わたしのクラスはとっくに帰りのHRを済ませていたけれど、教室にはまだ生徒が何人か残っていた。

　今日は9月1日。

　つまり夏休み明け最初の日だ。
　同じ予備校の夏期講習に出ていたり、夏休み中に個人的に会っていた子は別として、基本的にみんな40日以上ぶりの再会だから、思い思いに雑談していた。
　野外フェスがどうだったとか、親に嘘ついて彼と旅行に行ったとか、そんなたわいもないおしゃべり。
　なかでもひときわ高く響く声があった。

「乃愛、そのネックレス可愛いね。どうしたの？」
「これぇ？　えへへ、海斗君が買ってくれたのー。乃愛のお誕生日だからって」
「いいなぁー。乃愛の彼氏はお金持ちで」

　自分の席に座っていたわたしは伸びをするふりをして、さりげなくそちらを見た。
　乃愛グループの子たちは、教室の後ろのロッカーがあるあたりでいつもたむろしている。

なぜそこなのかは知らないけれど、たぶんホットカーラーの電源を入れるのに都合が良いからだろう。
　実際、乃愛はいま、友達——ゆうこと瞳とおしゃべりしながらも、くるくると髪を巻くことに余念がなかった。
　ロッカーの上にはブランドもののポーチが無造作に置かれ、手鏡やビューラーなどが散乱している。
　うちの高校では化粧が禁止されていた。
　だから女子が放課後に教師の目を盗んでメイクにいそしむのは、普通によく見られる光景なのだ。

　周囲をはばからない乃愛たちの会話の内容は、だいたい教師とか同級生の悪口、あるいは乃愛とその彼氏——同じクラスの能登の恋愛話に限られた。
　まあ、それが良いか悪いかは別として、悪口と恋愛話って結局いちばん盛り上がるんだよね。
　いずれにしても、話の中心になるのは決まって乃愛。
　それから、乃愛が認めたゆうこと瞳なのだった。

「あっつーい」

　わたしは高く伸ばしていた腕をおろして、呟いた。
　ブラウスの第一ボタンを外すと、涼しい風が汗ばんだ肌を滑っていった。

わたしが通う学校、私立桜仙学院高等学校では、教室の冷房を28度に保たなければならない決まりがある。
　冷房直下の席の人は、授業中に寒い寒いって言う。
　でもわたしみたいな窓際族（窓側の席に座ってる人のこと）にとって、28度の冷房なんて意味がなかった。
　カーテンの隙間から差し込んでくる日差しに、冷気がかき消されるからだ。

「……えりって、毎日ネクタイつけててえらいよね」

　正面からそう話しかけてきたのは、森崎千鶴だ。
　千鶴は前の席の椅子を反転させて座り、向かいあうようにして、わたしの机に頬杖をついていた。
　出席番号が前後の彼女とは入学式の日に席が近かった縁で、いまではいつも一緒に行動する間柄になっている。

「だってネクタイしてたほうが痩せてみえるんだもん」
「えり、普通に痩せてるじゃん」
「痩せてない。腹なんてブタだもん」

　謙遜ではなく、わたしは言った。
　厚生労働省が定めた基準なら痩せてる部類に入るんだけど、そういう常識は、必ずしも、女子高生のわたしたちには通用しない。

「あーあ。楽して痩せたいなぁ。……だって痩せてれば、顔が地味でもごまかせるもん」
「まあ、それは思うけど。……てかえり、さっきからなにやってたの？　学級日誌、一文字も書けてないじゃん」
「うーん」

　わたしはのろのろとシャーペンをとった。
　口を閉じれば、放課後の音が鮮やかになる。
　教室や廊下に響く気だるいざわめき。
　吹奏楽部の不協和音。
　１週間後には死んでいる、蝉(せみ)たちの鳴き声。
　夏の終わりに特有の、陰気な喧騒(けんそう)に包まれながら、わたしは枠内に文字や数字を書き入れていく。

　日付：2014年　９月１日　月曜　晴れ
　日直氏名：深澤(ふかざわ)えりか
　朝礼時伝達事項：なし
　欠席者（理由）：四辻美紅(よつじみく)

　そこまで書いたところで、わたしは手をとめた。

　四辻さんが欠席した。

ついに、来なくなってしまったんだ……。

「欠席理由……」

　わたしは助けを求めるように、千鶴を見た。
　千鶴はサイドポニーテールをほどいて髪をとかしていたが、わたしの視線に気がつくと、小声で言った。

「……風邪でいいよ」

　わたしは言われるままに、「風邪」と書きこんだ。
　だって他に書きようがない。
　みんなが見る学級日誌に、馬鹿正直に、「いじめのため」なんて書けるわけがない。
　ふいに、背中のあたりがざわついた。
　鬼のように吊りあがった目が。
　わたしを、じいっと見つめている。
　すうっと身体が冷たくなって、わたしは恐る恐る、後ろを振り返った。
　わたしは、ほっとため息をついた。
　視線を感じていたのは、錯覚だったらしい。
　乃愛たちは教室の後ろで、相変わらずケラケラと笑っていた。
　もちろん、わたしのことなんて見ていない。

わたしは、あの子たちの眼中にはないのだ。
　良くも悪くも。

　気を抜きかけたとき、乃愛がふっとこちらを見た。
　わたしはどきっとした。
　焦るな。
　動揺してはいけない。
　わたしは自分に言い聞かせ、さりげなく、そしてできるだけ自然に、視線を教室の後ろの黒板へと移した。
　乃愛を見ていたんじゃないよ。
　はじめから黒板を見てたんだよ、とでもいうように。
　乃愛はすぐに興味を失ったように、わたしから視線を逸らした。
　わたしは学級日誌に視線を戻しながら、まだどきどきしている自分の心臓の音を聞いていた。
　乃愛の神経に触れてはいけない。
　嫌われてはいけないが、好かれてもならない。
　好きと嫌いは紙一重だから恐い。
　乃愛にとって、無関心の存在であること。
　わたしはそれが、このクラスで安全に生きていくための、もっとも確かな方法だと信じていた。
　そうでなきゃ、いじめられるからだ。
　四辻さんのように。

今日の感想、と書かれた欄に適当にクマの絵を落書きしながら、わたしはぼんやりと考える。

　小学校からそういう仕組みなんだから、いまさら言うまでもないことだけれど。

　学校というのは弱肉強食の世界だ。

　まずクラスには、グループというものが存在する。

　ざっと分類すると、ピラミッドの頂点に君臨するのは、概して可愛く（あるいはかっこよく）、運動神経の良い目立つ系グループ。これはギャルグループともよばれる。

　その下に、普通グループ。

　わたしが属しているのはここ。

　超まじめというほどでもないけれど、先生に眼をつけられるほど問題児でもない。

　容姿も普通、成績も普通。

　そんな平凡な子たちが、普通グループになる。

　以下、地味だけれど頭の良いまじめグループ、人目を気にせずわが道をゆくオタクグループと続く。

　普通、別のグループどうしは互いに干渉しない。

　けれど、まれにいるのだ。

　クラスの誰とも打ち解けることができず、ピラミッドから弾かれてしまう生徒が。

　それが四辻さんだった。

四辻さんにははじめから、友達がいなかった。
　そして自分から作ろうと努力する風でもなかった。

　こんなことがあった。
　入学して間もなく、新入生オリエンテーションのプログラムのひとつとして、遠足があった。
　5、6人の班を作る必要があったので、わたしは千鶴のほか、仲良し3人組の子たちと適当に組み、無事に班を結成した。
　みんな席を立って班作りに取り組む中、四辻さんだけはなぜか、銅像のように自席を離れなかった。
　うつむいて、じっとしていた。
　お尻につきそうなくらい長い髪が、真っ黒なカーテンみたいに、四辻さんの横顔に貼り付いていた。
　わたしはそれまで四辻さんと喋ったこともなかった。
　でも一人なのに放っておくのも可哀想だったので、班の子たちに断りを入れてから、四辻さんのところに歩いていった。
　四辻さんに警戒されないように、意味もなくにこにこと笑いながら、
「ねえ、一緒の班にならない？」
　と、訊いた。
　四辻さんはうつむいたまま、無言で首を横に振った。

　ぱらぱらぱらぱら。

四辻さんの髪が揺れるたびに、机の上に、粉砂糖のような白い粉が落ちていった。

　頭垢(ふけ)だった。

　わたしは、そのとき初めて気がついた。
　髪質が強いのか、ごわごわしているうえに、恐ろしく長い四辻さんの髪の毛は、頭垢だらけだった。
　よく見れば黒いブレザーの背中にも、おびただしい量の頭垢がこびりついていた。
　わたしは見てはいけないものを見てしまったような気がして、「そっか」と、うわすべったような声で言うと、逃げるように自分の班の子たちのところに戻った。

　自分でもひどいと思う。
　でもわたしはそのときからすでに確信していたのだ。
　四辻さんが、集団になじめる人間じゃないことを。

　四辻さんはおとなしくて、ほとんど口をきかない。
　だけど影が薄いわけでもなかった。
　目につくというか、変な存在感があるのだ。
　授業中も休み時間も関係なく、四辻さんは机に広げたノートに、

おでこがくっつきそうなくらい目を近づけて、一心不乱に何かを描いていた。

四辻さんの席の横を通ると、鼠みたいな素早さでサッとそれを隠すので、四辻さんが何を描いているのかは、長いあいだわからなかった。

だけど、ある日の授業中。

先生が、「こら四辻！　授業中に漫画なんか描いてないでノートとれ！」と注意したことで、四辻さんが漫画とかアニメ好きであることが、一気にクラス全員の知るところとなってしまったのだった。

四辻さんは耳を真っ赤にして、震えていた。

わたしは四辻さんの身になって考えたとたん、心臓がぎゅっと痛くなった。

四辻さんのばか。

……なんで学校で描いちゃうの。

家でやってれば、誰にも知られずに済んだのに。

わたしは、すごくやきもきしていた。

自業自得とは言わない。いじめはいつだって、いじめるほうが悪いに決まっているんだから。

でも正論がどうあれ、この世に、不条理はある。

古今東西、どこにだっていじめはある。

だからせめて、いじめられるタイプの子は、隙を見せないように気を張っていなければならないのだ。

その点、四辻さんには抜かりがありすぎた。
　身だしなみだってそう。
　長すぎる髪は手入れが行き届いてないし、体型はちょっと太めだし、制服のスカートは、ふくらはぎの真ん中ぐらいまであって、明らかに寸法を間違えている。
　化粧っ気がないのは別にいいとしても、お風呂に入っているかどうかも疑わしかった。四辻さんの周りは、いつもすえたようなにおいがした。
　蒸し暑くなってくると、それはよけい顕著になった。
　中間テストが終わったぐらいの時期から、四辻さんは、目立つ系グループの乃愛たちに、目をつけられた。

　いじられるとかではなく、どう見たって最初からいじめだった。
　机に油性ペンで「きもい」とか「くさい」とか書かれたり、ゴミ箱から四辻さんの体育館履きが見つかったこともあった。
　証拠があるわけじゃないけど、犯人は明らかに乃愛たちグループだった。
　四辻さんのそばを通りかかるたびに、
「なんかこのへん臭くない？」
とか大声で言うのは、乃愛たちだけだったからだ。
　四辻さんはそのたびに、身体を堅くして震えていた。

　わたしは本当に、四辻さんが可哀想だった。

期待に胸を膨らませて高校に入ったはずなのに、こんなことになってしまうなんて。
　さらにわたしは、見たこともない、四辻さんのお父さんやお母さんにまで、思いを馳せた。
　学校にいると忘れてしまいがちなことだけれど、ここにいる生徒たちひとりひとりに、帰るべき家がある。
　大好きな、家族が。親がいる。
　赤ん坊の頃から大事に育ててきた自分の子供が、学校でこんな目に遭っていると知ったら、どんなに悲しむだろう？
　でも、わたしは同情するばかりで、何もできなかった。
　四辻さんを庇うことで、乃愛たちに、わたしまで四辻さんと同類だと思われることが怖かったからだ。
　下手したらわたしまでいじめられる。
　いじめられたら卒業まで、この先３年悪夢が続く。
　３年は、あまりにも長かった。
　そのあいだに体育祭や文化祭、修学旅行だってある。
　わたしはそのたびに、友達のいない、すうすうした感覚を味わわなければならないのだ。
　それを思うとぞっとした。
　わたしには、乃愛に立ち向かう勇気なんてなかった。
　自分の身を守るので精いっぱいだったんだ。

　ふと時計を見ると、すでに１時をまわっていた。

「わ、もうこんな時間。1時に約束してたんだった」

わたしは筆箱やノートを、急いで鞄にしまい込んだ。

「あ、そういや葛西君と勉強会だっけ？」
「うん」と、わたしはうなずいた。

葛西君──葛西蓮というのは、うちのお向かいに住んでいる、同い年の男の子だ。
わたしたちは小学生のときからの幼馴染だった。
わたしは文理クラス、いわゆる普通クラスだけれど、昔から頭の良かった蓮君は、当然のごとく偏差値が高い特進クラスに在籍していた。
ご近所のよしみということで、わたしはしょっちゅう蓮君に勉強をみてもらっていた。
自慢じゃないけれど、わたしは頭が悪い。
特に数学の成績が絶望的で、萩田という数学教師（頭頂部が薄いので、みんな陰でハゲ田と呼んでいる）にマークされるほどだった。
その数学の夏休みの宿題が、明日の授業で提出にもかかわらず、まだ終わっていないのだ。
わたしは慌ただしく千鶴に別れを告げると、乃愛たちと目が合

わないよう細心の注意を払いながら教室を出た。

　教室の外は広い廊下で、広場のようになっている。
　そこには同じ制服を着た子たちがまだ何人もいて、立ち話をしていた。
　わたしはすぐに蓮君を見つけることができた。
　蓮君は背が高く、姿勢が良いからすぐ目にとまるのだ。
　ここから教室をふたつぶんくらい隔てたところに、長椅子で囲まれた中央花壇がある。
　蓮君はその長椅子の端に座っていた。
　文庫本くらいの大きさの本を熱心に読んでいるせいか、わたしが教室から出てきたことには気づく様子がない。
　わたしは前髪を押さえて、はねてないことを確かめる。
　少しでもきちんとしていなきゃと思うのは、蓮君が無駄に美貌の人だったからだ。

　男子制服のネクタイは紺地に細かい白のドットと決まっている（ちなみに女子は、臙脂に細い金のストライプ）。
　どういうわけか男子のネクタイ着用率は女子よりも高く、蓮君も例外ではなかった。
　でも銀のタイピンできっちり留めているのは蓮君ぐらいじゃないだろうか。……似合ってるからいいけど。
　暑くても痩せてみえるように、無理してネクタイを締めている

わたしとは違って、読書に没頭する蓮君の表情といったら涼しいことこの上なかった。
　そもそも、そういう顔の造りなんだと思う。
　肌は雪みたいに真っ白で、鼻筋は、美術室に置いてある彫刻のようにすっと通っている。唇が薄いせいでちょっと冷たそうに見えるけど、たらこ唇よりは全然まし。
　前髪がふわっとかかる瞼は、桜貝みたいに薄くて繊細で、綺麗な平行ふたえが刻まれていた。
　読書中や勉強中など、眼を伏せているときに観察するとよくわかるのだけれど、睫毛もお人形のように長い。
　そう、幼馴染という贔屓目を抜きにしても、蓮君はかっこいいのだ。かっこいいというより、綺麗？

「『英単語フォーカス1900』……もう受験勉強かぁ」

　わたしは蓮君の前に立つと、蓮君が手にした本のタイトルを読みあげた。

「私大受験なら、1200のほうでいいと思うよ」

　蓮君は、そう言いながら本を閉じた。
　てことは、蓮君は国公立大学を受けるつもりなんだ。
　やっぱり目標が高い人は、意識からして違うらしい。

まだ高1の夏だというのにすでに本は使い古されており、おまけにおびただしい数のふせんが貼られていた。
　わたしは制服に憧れて指定校推薦でこの高校に入ったのだけれど、蓮君は都立の進学校への受験に失敗して、仕方なく滑り止めのここに入学したという経緯があった。
　だから彼の大学受験への熱意は、入学直後からすでに並々ならぬものがあったのだ。
　それに引き換え、わたしときたら……。
　わたしは隣に座ると、蓮君の顔を見上げた。

「蓮君。わたし昨日、ハゲ田から電話かかってきた」
「ふーん。なんて？」

　蓮君は笑わず、驚きもせずに無表情で訊き返してくる。
　蓮君のリアクションが薄いのはいつものことだから、わたしは気にせず続けた。

「夏休みの宿題のワークシート、半分以上間違ってたら『1』つけるって。1ついたら留年だよ、留年」
「それは、尋常じゃないね」

　蓮君は、悪びれたふうでもなく、わたしを不安にさせるようなことをさらりと言ってのけた。

「でもね、蓮君。わたし1学期、皆勤賞だったんだよ」
「そう。それで」
「だから出席日数だけは足りてるんだよ。数学の小テストだって、毎回ちゃんと名前だけは書いて出してる。それなのに本当に1なんかつけるかな？」
「つけるよ」

　ハゲ田ご本人でもないのに、蓮君はうなずいた。

「萩田は冷酷だし、電話がくる時点でちょっと……」
「……ですよね……」

　わたしはおののいてしまった。
　黙り込んでいると、蓮君が急にふっと笑った。

「なあに？」
「えり、めずらしく落ち込んでる」

　自業自得とはいえ真剣に悩んでいるときに笑われて、わたしはちょっとむっとした。

「楽しそうですね」

「楽しくないよ。えりと一緒に卒業できないのは困るし」
「な、なんで？」
「えりの勉強を見てやってほしいって、えりのおばさんから頼まれてるんだ。あと、教育学部志望としては、えりひとりぐらい卒業させてやらないと」
「ふーん。義務感ってやつですか」

　一緒に卒業できなかったら寂しいとかじゃないんだ。
　わたしはなんとなく面白くない気分になった。
　べっつにいいんだけど。
　付き合ってるとかじゃないし、ただの幼馴染だし。

「ところでえり、お昼はどうする？」

　わたしがもやもやしていることなんて知りもせず、蓮君はすでにお昼ごはんのことなんか考えていたらしい。
　わたしもハゲ田の話を引っ張るつもりはなかったから、携帯を取り出すと、時刻を確認した。
　1時15分。
　けっこういい時間だ。

「あ、うん。おなかすいたけど、今日はお弁当持ってきてない。蓮君は？」

「ない。じゃあ先にコンビニ行こう」
「カフェテリアがいい」

　わたしはすかさず言った。
　カフェテリア。
　わたしが通っていた古い公立中学には、そんな設備が存在するはずもなく。
　高校に入ってからはじめて身近になった場所だった。
　体育館ぐらい広い空間に白い長机が4つ。
　そこに折り畳み式のパイプ椅子がずらりと並んでいる。
　なぜかアイスの自動販売機があることが地味に自慢なんだけど、それ以外は、言ってしまえばどこにでもあるようなカフェテリアだった。
　メニューも別に豊富ではない。
　だからものすごくカフェテリアに行きたいというわけではないのだが、なにしろ今日は暑かったのだ。
　涼しい校内から一歩も出ずに、アイスまで食べられるというのが、いまのわたしには魅力的だった。

　始業式早々、学校に居残って勉強する生徒はいない。
　わたしと蓮君は昼食を済ませたあと、のんびりと図書ラウンジに向かったが、席はがらがらだった。

そのおかげか宿題もはかどって、夕方５時前にはわたしは蓮君の全面協力のもと、数学のワークシートを終えたのだった。

「はぁー、終わったー！」

　落第するかもしれないという不安から解き放たれて、わたしは爽快感でいっぱいだった。
　こんなことなら、もっと早くに宿題を片づけておくべきだったかな。
　わたしが鞄にワークシートを押し込むのを眺（なが）めながら、蓮君は言った。

「それ、忘れないようにロッカーに置いて帰ったら」
「あ、そうだね。そうする」

　さすが将来の夢が学校の先生なだけあって、蓮君は面倒見がいい。
　わたしは蓮君の助言に素直に従うことにして、自分の教室に向かった。

　教室にはもう誰も残っていなかった。
　ひっそりと静まり返った教室は、暮れなずむ夕日で薄赤く染まっている。

白い壁も教壇も、みんなの机も椅子も、ぜんぶ朱。
　自分のロッカーに鍵を差し込んでいると、うしろで蓮君が呟いた。

「逢魔が刻っていうんだって」

　わたしは振り返った。
　蓮君は西日を背にしていたから、その顔は、逆光で陰になってよく見えない。

「……なんのこと？」

　聞き慣れない言葉に、わたしはとまどった。
　すると蓮君はいつもの口調で、淡々と言った。

「今みたいな時間のこと。逆光で、人の顔がよく見えなくなるだろう。だから眼の前にいるのが本当に自分の知った人間なのか、それとも魔物なのか、判断がつかなくなる。……それで、魔に逢う刻」
「もう、怖いこと言わないでよ。わたしが怖い話苦手なの知ってるでしょ」
「ごめん。なんかここにいたら急に、櫻居が言ってたのを思い出して」

櫻居というのは、蓮君と同じクラスの男子生徒だ。
　なんどか見かけたことがあるが、女の子みたいに顔立ちの整った、いかにも美少年って感じのイケメンである。
　噂によると、本郷だか神楽坂だかにある巨大な旧家育ちのお坊ちゃまだとか。
　それで女生徒からの人気はそこそこ高いのだが、同時に電波な言動が多いことでも知られていた。
　聞くところによるといわゆる「視える人」だそうだが、真偽のほどは定かではない。
　というかそんなことはどうでもいい。
　わたしは素直な蓮君が、万が一にも変わり者男子の色に染められたらやだなぁと思っていた。

「……蓮君。知的好奇心が旺盛なのはいいけど、櫻居君の話は話半分に聞いとかないと蓮君までオカルト脳になっちゃうよ」
「うん。わかった」

　蓮君は真顔でこくんとうなずいた。
　本当にわかっているのだろうか。
　蓮君って秀才のわりに、昔から変なところで抜けてるんだよね。
　天然なのかなんなのか、……謎。
　わたしはロッカーにワークシートを入れると、今度は鞄から携

帯を取り出した。
　マナーモードを解除したついでにメールを確認するが、新着はなし。
　わたしは続けて、『ライター』にアクセスした。
　ライターっていうのは、青いペンギンのマークが目印のSNSで、140字以内の『書き込み』（『ライト』ともいう）を、全世界に向けて発信できるというもの。
　わたしのタイムラインは、だいたいいつも、乃愛の書き込みで埋め尽くされていた。
　乃愛は相当ライターにのめりこんでいるようだった。
　フォロワー数からしてすごいのだ。
　369人って、たぶん普通の女子高生にしては、かなり多いほうなんじゃないかな。
　それでもってうちのクラスの子は、たぶん全員乃愛をフォローしていると思う。

　情報の授業が、自習になったことがあった。
　その際、教師がいないのをいいことに、アカウントを持ってない子もこの機会に作ろうみたいな流れになった。
　嘘みたいな話だけど、集団意識って本当に恐くて、授業が終わるまでに、みんなが乃愛のフォロワーになった。
　自分がライター中毒なのを以前からアピールしていた乃愛は、ここぞとばかりにみんなにフォローするよう呼びかけたのだ。

フォロワー数が多いということは、おそらく乃愛のなかで一種のステータスだったのだろう。
　7組は男女仲が良くも悪くもないので、男子が女子をフォローしたからどうの、という話にはならない。
　だからなおさら、クラスの中心である乃愛をフォローしとかなきゃ、みたいな空気が教室じゅうに満ちて、乃愛のフォロワー数はその日のうちに跳ね上がったのだ。
　もともとライターに親しんでいた人もいたけれど、大半はそれを機にアカウントを取得した生徒ばかりだった。
　そういうわたしも、そのひとりだった。
　もともとブログとかへの興味が薄いわたしは、登録したのはいいけれど、書き込むことはめったになかった。
　とはいえ可愛いスイーツを食べたときとか、新しい洋服を買ったときなんかはテンションが上がって、思わず何か書き込んだりしていた。
　そういうときは千鶴とか、わたしに付き合ってアカウントを取得してくれた蓮君が返信してくれるのだった。
　わたしはライター上でも結局、リアルで仲がいい子としか交流しなかった。
　わたしみたいなのは、あんまりライターとかSNSをやる意味がないんだろうな。
　それに引き換え、乃愛は軽いライター依存みたいなところがあって、なんでもないような出来事まで、わざわざ書き込む。

話題の洋菓子店のショーケースの写メ。
　買った服や、制服姿で撮ったプリクラの画像。
　それくらいならまあ、わかる。
　(とはいえわたしだったら怖いから、個人情報を特定されるような写真は載せないけど)
　ここから先が問題で、乃愛はライターに鍵もかけてないのに、よく問題発言をする。
　夏休みには、お酒を飲んだとかいう書き込みも見たし。
　これは瞳かゆうこに指摘されてすぐに消したみたいだけど、学校にバレたら即刻停学になっていただろう。

　タイムラインの一番上に来ている書き込みを見たとき。
　わたしは、目を見ひらいた。

のあ@noa_kaitolove・4分前
そうそう美紅ちゃん休みだと思ってたけど、うちらが帰る頃になって登校してきたのー。宿題だけ出しにきたとか超えらくない？笑　てことで記念写真ー(｡σ₃σ)♥
pic.writer.com/⋯⋯

画像つきだった。
　肌色が、真っ先に目に飛び込んできた。
　わたしは言葉をうしなった。
　アップロードされていたのは四辻さんの写真だった。
　見慣れた女子トイレの壁を背に、四辻さんは、ほとんど裸同然の状態でうずくまっていた。
　スカートはずたずたに切り裂かれ、ブラウスのボタンはお腹のあたりまで引きちぎられている。
　白い腹に、髪がまとわりついていた。
　真っ黒な蛇のようにもつれあい、からみついている。
　顔にべったりと貼りついた髪の毛の隙間から、ダンゴムシみたいに小さな目が、恨めしげにこちらを見ていた。
　そのくせ、唇だけはにたにたと笑っていた。

　書き込みと画像から、わたしはすべてを察した。
　四辻さんは、下校時刻を過ぎてから登校してきた。
　そこを乃愛たちに発見されて、女子トイレに引きずりこまれたのだ。
　それから服を脱がされた。
　スマホを向けられた。
　笑っているのは、そう命じられたからだろう。
　そうでなきゃ、こんなこと、ありえない。

「えり。どうかしたの」

　硬直したわたしを不審に思ったのか、蓮君が訊いた。
　わたしはとっさに――ほとんど条件反射のように、携帯を後ろ手に隠した。
　なにこれ、なにこれ。
　わたしはなにが起きているのかわからなかった。
　だってこんなのあんまりだ。
　むごすぎる。
　どんないじめよりも陰湿で、残酷だった。
　四辻さんはわたしたちと同じ、女の子じゃない。
　女の子に、これだけは、やっちゃいけなかったのに。

「蓮君。わたしどうしたら――」

　わたしは自分の気持ちをどうしようもできなくて、助けを求めるように蓮君を見た。
　こちらを見つめる蓮君の後ろは、窓だ。
　この教室は1階で、窓がグラウンドに面している。
　夕焼けで、グラウンドは真っ赤に燃えていた。
　蓮君の肩越しに窓を見ていたら、景色が突然、ふっと翳った。

　上から、さかさまの人間が降ってきた。

突風を受けてひるがえるスカート。
ムササビの飛膜のように広がる髪の毛。
ダンゴムシみたいに小さな、ふたつの目。

目が。
合った。
そう認識した直後。

グシャッ。

スイカが割れるような音がした。
窓硝子(ガラス)に、パッと赤い血しぶきが散った。

蓮君が、はっとしたように窓を振り返った。
　窓硝子に飛び散った赤黒い液体は、透明の窓にどろどろとしたすじを引きながら、下にしたたり落ちていく。
　蓮君はそれを追うように、窓の真下に視線をずらした。
　そのとたん、蓮君の表情が凍りついた。
　蓮君。
　なにを見たの。
　訊こうにも、わたしはのどに綿でもからまったように、声が出なかった。

わたしは、ふらりと歩きだしていた。
　歩み寄ってくるわたしに気がつくと、蓮君は悪夢から醒めたみたいに、目を見ひらいた。
　琥珀色の瞳に、わたしの姿が映った。

「来なくていい……えりは見るな！」

　わたしは驚いて足をとめた。
　いつも物静かな蓮君の口から出たとは思えないほど、鋭く鬼気迫った声。

　でも、遅かった。
　わたしは見てしまったんだ。
　窓の直下は花壇。
　花壇に生えているのはひまわりだけなのに。
　一面、真っ赤になっていた。

　血。
　血。
　血。

　血だまり。

ひまわり花壇の上に、血の海がこつぜんと現れていた。
　そして黒。
　墨汁を流したみたいに、黒髪がバッと広がっている。

　赤、黒、黒、黄、赤、赤、赤、赤、黒、黄、黒、黒。
　不気味な配色で塗りつぶされた地面の上に、四辻さんが、うつぶせに倒れていた。
　学校指定の白いブラウスは、もとの色がなんだったかわからないくらい、血まみれになっていた。
　ひどい怪我をしているんだ。
　いや怪我なんてものじゃない。
　もう人間のかたちをしていなかった。

　ぐにゃ。

　脚が。
　腕が。
　首が。
　関節でもなんでもない中途半端なところでへし折れて、ゴム人形みたいにねじ曲がっていた。
　折れた部分から、骨が、にゅう、と飛び出していた。
　蜂の巣穴から顔を覗かせた、蜂の子みたいだ。
　頭は、割れていた。

スイカみたいに真っ赤な中身が、辺りに散乱していた。
　わたしは耳の奥で、サーッと血の気が引く音を聞いた。
　わたしは、よろめいたようだった。
　蓮君に肩を支えられて、なんとか意識をつなぎとめた。

「飛び降りたんだ！」

　グラウンドで、誰かが叫ぶのが聞こえた。

　ト　ビ　オ　リ　タ　ン　ダ　。

　わたしは心の中で繰り返して、口元を両手で覆った。
　唐突に、わたしの視界は、白い幕で遮断された。
　蓮君がカーテンを閉めたのだ。

「……友達？」

　静かに訊かれ、わたしは首をふった。

「違う……、でも同じクラスの子なの……」

　外はすぐに、ひどい騒ぎになった。
　グラウンドにはまだ、サッカー部やテニス部の子たちが残って

いたらしい。

「おい！　誰かAED持ってこい！」

　切迫した男の人の声は、たぶん、教師のものだ。
　カーテンが閉めきられた教室で、わたしは根が生えたみたいに突っ立ったまま、彼らの声を聞いていた。
　蝉はずっと鳴いている。
　残暑の湿気に包まれながら、わたしは震えた。
　わたしの周りだけ、真冬が来たように寒かった。

　ヴ――――ッ。

　わたしの手の中で、携帯が突然振動した。

　ヴーッ。
　ヴーッ。
　ヴーッ。

　びくりとして、画面を見ると、アラームだった。
　わたしはほっとして、アラームをとめる。
　とめたとたん、液晶画面にまたもとの四辻さんの画像がパッと表示された。

「ひっ」

　わたしは、思わず携帯を取り落とした。
　拾わなきゃと思うのに、身体が動かなかった。
　代わりに、蓮君が携帯を拾った。
　蓮君は画面を見てわずかに眉をひそめた。
　でもそれは一瞬で、蓮君はわたしに何の断りもなくライターを閉じると、わたしに携帯を返してきた。

「帰ろう」

　蓮君が言った。

「帰ろう、えり」

　わたしがうなずくのを待たず、蓮君は強引にわたしの手を引いて歩きだした。

　教室を出てから家に着くまでのあいだの記憶がない。
　わたしは蓮君に手を引かれて、かろうじて歩き、電車に乗ることができたのだ。
　頭の中はずっと四辻さんのことでいっぱいだった。

AEDを持ってこい、と誰かが叫んでいたけれど、四辻さんは助かったのだろうか。
　それとも……。
　腐った果物みたいに甘い匂いが、ふわっと漂った。
　わたしは気がつくと、自宅の門の前にいた。
　庭の金木犀が香ったのだ。
　蓮君の手が、するりとほどけていった。
　汗ばんだ手のひらを、風がすべっていく。
　わたしは頼りない気分になって、顔を上げた。
　蓮君はわたしを見て、言った。

「何かあったら電話して。いつでも出るから」
「……今日は、家庭教師が来る日じゃないの」
「えりからの電話には出るよ」

　さすがに放っておけないからと、蓮君は言い添えた。
　そうして彼はわたしに背を向けて、お向かいの家へと歩いていく。

「蓮君」

　わたしはとっさに蓮君を呼びとめていた。
　蓮君が振り向くと、わたしは口にした。

39

「ありがとう、一緒に帰ってくれて。あと、……手をつないでくれて」

　絞り出した声は自分でも情けないくらい掠れていた。
　でもひとりだったらきっとわたし、どうかしていた。
　蓮君がわたしに優しくしてくれるのは、単にわたしが、手のかかる幼馴染だからだ。
　だけど蓮君のその優しさがわたしを救ってくれたことには違いないのだ。

「……別にいいよ。わざわざ改まらなくたって」

　蓮君は、めったに変化の現れないまなざしを、かすかにやわらげた。

「また明日。えり」
「うん。……また明日」

　短い挨拶を交わし、わたしたちは、それぞれの家族が待つ家に帰った。

9月2日　火曜日

朝。

自分の部屋で制服に着替えていると、携帯が鳴った。

電話してきたのは、同じクラスの長谷川君だ。

今日は朝から緊急職員会議で、生徒は3時間目から登校。

そういう連絡網だった。

出席番号順でいうと、わたし——深澤えりかの前は廣瀬乃愛だけど、乃愛の携帯に繋がらなかったから、長谷川君は次のわたしにかけてきてくれたらしい。

蓮君にメールしたら、やっぱり同じような連絡網を受けとったと返信があった。

2時間後、わたしと蓮君はいつものように自宅の前で待ち合わせて、学校に行った。

「じゃあここで」
「うん」

わたしは7組、蓮君は10組。

1年7組の教室の前で、わたしたちは毎朝別れる。

いつもならそっけなく踵を返して自分の教室に行ってしまう蓮君だけど、今朝はなんだか様子が違った。

じゃあここでと言いながら、その場を動こうとしない。

「どうしたの?」

わたしが首をかしげると、蓮君は言った。

「具合悪くなったら、授業中でも保健室行きなよ」
「大丈夫だよ。わたしそんな病弱キャラじゃないし、蓮君、心配しすぎ」
「昨日のえりを見てたら、誰だって心配すると思うけど」

　そういうことだから、と、蓮君は眉も動かさずに呟いて、自分の教室に行ってしまった。
　わたしは、ぼんやりと蓮君の後ろ姿を見送った。

　蓮君はわたしと違って、強い。
　わたしみたいに取り乱さないし、怯えもしない。
　でもわたしにとって、この世は怖いものだらけだった。
　わたしがいちばん恐れているのは、乃愛だ。
　いじめの首謀者は女王様。
　それに加担するのが、貴族。
　見ていることしかできないのは、隷属する市民。
　いじめられるのは、奴隷。

　中学のときまでは、いじめ漫画やドラマを見るたびに、こんなクラスの構造はありえないと思っていた。

だけどわたしはいま、そんな世界に放り込まれていた。

わたしは乃愛が、本当に怖かった。
乃愛はおそろしく狡猾だ。
その悪意は、底が見えないくらいに深い。
気に食わない人間は、潰そうとする。
排除ではなく、抹消しようとするのだ。
ただし、何人かまとめて消しにかかることはない。
そうじゃなければ、遠足の班決めのときに四辻さんに声をかけたわたしだって、目をつけられていただろう。
でも、わたしは見過ごされた。
運が良かったわけではないと、確信している。
きっと乃愛は、頭を使っているのだ。
複数人を同時にいじめたらどうなるか。
答えは簡単で、いじめられっ子どうしが徒党を組む。
人は集団になれば、大きな敵に立ち向かえる。
乃愛はそうならないように、あえて四辻さんに的を絞ったんだろう。
悲惨な四辻さんを見てきたせいで、わたしたち市民は、いつしかこう考えるようになっていた。
私物に落書きされたり、服を脱がされたり　　。
あんな風にしいたげられる奴隷に比べたら、自分たちはなんて幸せなんだろう！　って。

そうしてわたしたちは、気がついたときには乃愛を恐れ、女王様のご機嫌を損ねないように、彼女の顔色をうかがいながら生きるようになっていたのだ。

　蓮君はきっともう、そんなわたしに気がついている。
　だから、いつもわたしを気にかけてくれる。
　わたしはそんな優しさに、甘えている部分もあった。
　昨夜だって、結局、電話しちゃったし……。
　でも、蓮君はあくまでも違う王国(クラス)の人なのだ。
　わたしの教室では、そんな甘えは通用しない。
　誰も頼れない。
　親友の千鶴でさえ。
　なぜなら千鶴とわたしは同性であり、対等であり、どちらも弱い、一市民でしかなかったからだ。
　だからわたしを守れるのは、わたしだけ。

　わたしは深呼吸して、教室のドアを開けた。
　窓側の自分の席に鞄(かばん)をおろすと、千鶴が狭い通路を縫って駆けてきた。

「……あ、おはよう。千鶴」
「えり、今日なんで職員会議あったのか聞いた？」

千鶴の表情は、こわばっていた。
　わたしには心当たりがあったけれど、黙って首を横に振った。
　すると千鶴は、震える唇をひらいた。

「……四辻さんが、昨日の放課後、自殺未遂したって」

　……知ってるよ。
　わたしは睫毛を伏せた。
　昨日のことを思い出すと、いまでも震えが走る。
　だがふと気がついて、わたしは千鶴の眼を見つめた。

「──未遂？　じゃあ無事ってこと⁉」
「う、うん。でも昏睡状態らしくって、長期の入院になるだろうって……」
「助かったんだ……」

　わたしは、肩の力がどっと抜け落ちるのを感じた。
　死んでない。
　四辻さんは、生きている。

「……よかったぁ……」

　眼の奥が熱くなる。

零れてきた涙を、わたしは慌てて指でぬぐった。
よかった。
四辻さんが生きていてくれて。
そして。
わたしの罪が、軽くなって。

わたしは。
四辻さんに直接手を下したわけじゃない。
それどころか、わたしは四辻さんに同情していた。
でも、だからなんだっていうんだろう？
四辻さんからしてみたら、どっちだって同じだろう。
わたしがどんなに自分を正当化しようと、行動に移さなかった時点で、わたしも乃愛と同罪なのだ。
いや、ひょっとすると、乃愛よりもたちが悪いかもしれない。
可哀想だと思いながら何もしないのは、偽善者だ。
わたしは四辻さんがいじめられているのに手を差し伸べようともせず、彼女が傷つけられて、虫のように潰されていく様子を、黙って眺めていただけだったのだから。
わたしは今になって、それを後悔していた。
四辻さんが死んでいたら、きっと、もっと後悔しただろう。
だから。
四辻さんが退院して、もしも学校に復帰したら。
ちゃんと味方になってあげたいと、心から思った。

わたしには乃愛に立ち向かう力はないけれど、クラスにひとりでも自分の味方がいるのと、そうじゃないのとでは、大違いだと思うから。
　うん。
　勇気を出して、四辻さんに声をかけてみよう。
　ひとりじゃないよって——。

「あははは、馬鹿じゃん！　あいつ飛び降りたんだ！」

　けたたましい笑い声が、教室の後ろから響いた。
　いま登校してきたんだろう。
　乃愛が肩から鞄をさげたまま、ロッカーの前で、お腹を抱えて笑っていた。
　瞳とゆうこも笑っている。
　乃愛を囲んでいるのは、女子だけじゃない。
　佐野に相川、乃愛の彼氏の能登海斗まで、一緒になって笑っていた。

「だから言っただろ、あれはやりすぎだって」
「なに言ってんの、自分たちだってノリノリで女子トイレまでついてきたくせにー」

「付き合いだって、付き合い」

　ぎゃはは、と笑う。
　わたしは、カッと頭の奥が熱くなった。
　わたしは自分の机に鞄を置くと、ロッカーのほうに向かって歩き出していた。

「え、えり？」

　千鶴の声が追いかけてくる。
　わたしはそれを無視して、どんどん歩いた。
　わたしが近くに立つと、彼らはいっせいに口をつぐんで、奇妙なものでも見るようにわたしに注目した。
　ただひとり、乃愛だけは笑顔を崩さなかった。

「あ、えりだー。おはよ……」
「あんたたち、頭おかしいよ」

　わたしは、臆病な自分が怖気(おじけ)づいてしまう前に、一気に言った。

「……おかしいよ。四辻さん、死ぬところだったんだよ。なのになんでそうやって笑ってられるの？　なんでわからないの？　四辻さんが飛び降りたのは……っ！」

「あたしのせいだって言いたいの？」

　髪をくるくるともてあそびながら、乃愛が訊いた。
　それは、攻撃せよの合図だったのかもしれない。
　瞳が。ゆうこが。佐野が。海斗が。
　束になって、言葉で襲いかかってきた。

「うわぁ、えりって最低ー。遺書があったわけでもないのに決めつけてくるとか。これこそいじめじゃん？」
「だねー」
「なんかえりって怖ーい。てか、そういう変な正義感って、アニメの主人公みたいできもーい」
「深澤さんかっこいー」
「かっこいいってか、俺ちょっとびびったわ」

　……あ、だめだ。と、思った。
　なんにも、通じない。
　それを悟った一瞬のあいだに、わたしは、いろんなことを考えた。
　変に目立ってしまった。
　四辻さんが退院するまで、あるいは、それ以降も。
　たぶん次の標的は、わたしになる。
　火照っていた頭の芯が、急速に冷えていった。

50　拡散希望　140字の死亡宣告

未来への恐怖と絶望で、気が遠くなった。
だけどわたしは、それ以上の攻撃にさらされることはなかった。
ひとまずは。
教室のドアが開いて、担任の瀧島(たきしま)が入ってきたからだ。

「予鈴鳴ったぞ。早く席につけ！」

瀧島は7組の担任で、古文担当の、30過ぎくらいの男教師だ。
瀧島はイライラしたように言いながら、教卓の上に叩(たた)きつけるようにして出席簿を置いた。
みんなは怒られるのも面倒で、気だるそうに席に戻っていく。
わたしもその流れに逆らわず、自分の席についた。
うしろの席の男子が、ひそひそと囁(ささや)き合っている。

「瀧島、なんかいつもより不機嫌じゃね？」
「自分とこの生徒が自殺未遂なんかやらかしたもんだから、虫の居所が悪いんだろ」

まあ、そうなんだろうな。
瀧島はそう言われてもしかたないような教師だった。
古文しか能がなくて文学部に入ったはいいけれど、就職先に困って、しかたなく教師になったような。
生徒のこととかは、どうでもよさそうだった。

51

こういう教師は、わりとよくいる。

「HR始めるぞ。日直。号令」

　少し離れた席で、日直の千鶴が慌てて立ち上がった。

「きりーつ。礼。……着席」

　かたちばかりの礼をして、わたしたちは席に着く。
　瀧島は教卓に両手をつくと、いきなり口を切った。

「まずはお前たちが気になってるだろう四辻のことだ。様々な憶測や噂が飛び交っているようだが——」

　緊張が張りつめた教室に、瀧島の声だけが低く響く。

「あれは事故だ。四辻が寄りかかった屋上の鉄柵が、腐っていたんだ。くれぐれも憶測で——」

　瀧島はぐるりと教室を見渡したあとで、わたしに焦点を合わせた。
　わたしはよほど物言いたげな顔をしていたのだろう。

「いじめを苦にして飛び降りたなどと吹聴しないように」

　瀧島は蛇のように目を細めて、わたしに釘を刺した。
　あからさまに、わたしを警戒している。
　ひょっとすると、教室に入ってくる前に、わたしと乃愛たちとのやりとりを聞いたのかもしれない。
　わたしの視界の隅に、離れた席に座る乃愛が映った。
　こちらを見て、勝ち誇ったように微笑んでいる。
　わたしは瀧島に、今までよりももっと失望した。
　でも、瀧島はある意味では公平だった。
　わたしの味方ではないが、乃愛の味方でもない。
　生徒たちに関心がないから、誰の肩も持たないのだ。

「相川、佐野、能登。それから廣瀬乃愛。HRが終わったら職員室に来るように」

　乃愛の顔が青くなったのがわかった。
　ざまあみろ、とわたしは思った。
　どんな悪事も、隠しとおすことなんかできないんだ。

　わたしは本音を言ってしまえば、乃愛たちに、ちょっとした罰が下ることを期待していた。
　そして実際に、罰は下った。

『ちょっとした』どころでは済まないような罰が。
　それを知ったのは、早くも翌朝のことだった。

9月3日　水曜日

登校してきたわたしは、心して教室に入った。
　昨日は不気味なくらい平穏に１日が過ぎ去ったけれど、わたしは昨日の朝、乃愛たちに盾ついたのだ。
　机に『死ね』と彫られているくらいのことは、覚悟していた。
　だけどいざ自分の席に行ってみると、特に異常はなかった。
　でもまだ安心するには早い。
　これから何かあるかもしれないんだから。

「おはよ。えり」

　席についてぼんやりしていると、目の前に、すっと人が立った。
　どきっとして顔を上げると、千鶴が苦笑しながら、わたしを見おろしていた。

「……千鶴」

　わたしは周囲に目を配った。
　乃愛たちはまだ来てないみたいだった。
　わたしはほっとため息をつく。

「今日も暑いねぇ」

　千鶴はわたしの前の人の席にわがもの顔で腰かけると、ノート

をうちわのようにしてあおぎはじめた。

「ねえ、千鶴」
「うん？」

　風にさらさらとなびく千鶴の黒髪を眺めながら、わたしはできるだけ、普段どおりの口調で言った。

「なんだったら、わたしと友達やめてもいいからね」

　千鶴は手をとめて、わたしを見た。

「どうしたの、突然」
「だから。もしわたしがハブられたら、気にせずわたしと他人のふりしていいよってこと」

「……そう。だったら、そうするよ」

　千鶴はふっと笑みを消すと、立ち上がった。
　心臓が、ちくりと痛んだ。
　馬鹿みたい。
　わたしってば自分から提案しておきながら、なに傷ついてるんだろう。

ほんと、馬鹿みたい。
なのに視界が滲む。
いまにも涙が零れそうになったとき。

パコッ。

わたしはいきなり頭をノートではたかれた。
　何が起きたのかわからなくて目を白黒させていると、千鶴が座り直しながら、怒ったような声で言った。

「なんて言うわけないじゃん。バカえり」

　じとっとした目で見られて、わたしはたじろいだ。

「わたし、けっこう本気で言ってるんだけど」
「よけい悪いよ。あーあ、ショックー。えりにとってわたしたちの友情って、その程度のものだったんだー」
「……バカ千鶴！」

　わたしはさっき言われたことを、そのまま返した。

「友達だから言ってんじゃん。わたし、千鶴が。……千鶴まであんなことされたら、やだ。絶対やだもん……」

裸みたいな写真を撮られて、ネット上にさらされたりしたら、一生消えない傷を心に負うことになる。
　ううん、消えないのは、傷だけじゃない。
　データは無限に複製されて、わたしたちが死んだあとも、ネット上に、永遠に残り続けるのだ。
　そう考えると、ゾッとする。
　自分のことだけなら、諦めもつくだろう。
　だけどわたしと仲がいいというだけで、関係ない千鶴まで巻き込まれるのは耐えられなかった。
　わたしは千鶴が好きだ。
　だからこそ、千鶴をわたしから遠ざけたいのに。

「えりって、見かけによらず熱いよね。昨日の啖呵といい、今といい」
「バカなだけだよ」

　わたしが自嘲ぎみに笑うと、千鶴は瞳を細めた。

「でもわたし、えりのそういうところが好きなの」
「千鶴……」
「いざとなったら、ふたりで——」
「立ち向かう？」

「いや、ふたりで登校拒否」
「なにそれ。やばー」

　わたしは脱力して、思わず笑った。
　だけど笑いながら、それもいいかも、なんて、ちょっと思ってしまった。
　話しているうちに、予鈴が鳴った。
　乃愛たちはまだ、姿を見せない。

「どうしたんだろうね」

　と、わたしと千鶴が顔を見合わせていると、教室のドアが勢いよく開いた。
　現れたのは、佐野と相川。

「おい、ニュースニュース！」
「四辻のことで廣瀬は自主退学、能登は三日間の停学処分だって！」

　教室が、一気に騒がしくなった。

「うわ、まじで？」
「『自主』とかぜってー嘘だろ。退学処分まじこえー」

「誰かが乃愛の書き込みのことチクったらしいよ」
「だってあれはさすがにやばかったもんね」

　わたしは驚愕したが、千鶴もこれは初耳だったらしい。
　驚いたように、佐野と相川に注目していた。
　立て続けに教室のドアが開いた。
　入ってきたのは、担任の瀧島だった。
　わたしはぎょっとした。
　瀧島は一夜にしてずいぶんやつれたように見えた。
　青い顔をしながら教壇の前に立つと、覇気のない声で、生徒たちに席につくよううながした。
　その様子があまりにも尋常じゃなかったので、クラスの人たちは、注意されるまでもなく静かになった。
　葉擦れの音さえ聞こえてくるような、静寂の中。
　瀧島は、おもむろに言った。

「四辻が死んだ」

　重い。重すぎる知らせだった。
　わたしは、目の前が真っ暗になったような気がした。
　ついさきほど、容態が急変して、亡くなったらしい。

あまりの急展開に、わたしの気持ちはついていけなかった。
　でもひとつだけ、胸に落ちていった事実がある。
　わたしは四辻さんが退院したら、少しでも彼女の支えになれたらいいと思っていた。
　だけどその機会はもう、永遠に訪れないのだ。

　重苦しい空気の中、7組は、4時間目の「生物」を終えた。
　わたしは、授業どころではなかった。

　四辻さんが死んだ。
　四辻さんが死んだ。
　四辻さんが死んだ。

　頭の中は壊れたラジオみたいに、そのことでいっぱいになっていた。
　だけどわたしの心理状態がどうあれ、平常授業の日は、どこまでも平常授業なのだ。
　理科係のわたしは、先生に言いつけられた用命を果たさなければならなかった。
　クラス全員分のノートを回収し、それを抱えて理科室へと向かう。
　途中の廊下で、わたしは蓮君と遭遇した。

「……蓮君。おはよう」
「おはよう」

　朝と同じ挨拶を交わす。
　わたしたちは、学校ではほとんど口をきかなかった。
　話し合ってそう決めたわけではないけれど、休み時間はお互いに、自分たちのクラスにとどまっている。

「じゃあまた」

　わたしは、蓮君の横を通り過ぎようとした。
　ところが、すれ違おうかというそのとき。
　蓮君がわたしの手から、ノートの束を奪いとった。

「……持つよ。理科室でいいの？」
「うん。でも、重いからいいよ」

　遠慮するわたしに、蓮君は表情もなく言った。

「重いから運ぶんだけど」

　わたしがさらに何か言おうとしたときにはもう、蓮君は歩きだしていた。

わたしは慌てて、蓮君を追いかけた。

　理科室というのは、学校の中でもひときわ異質な空間だと思う。
　鼻をつくような薬品のにおいが常に充満しているし、肌に触れる空気は夏でもひんやりしているからだ。
　蓮君に続いて理科室に入ったわたしは硝子の戸がついた薬品棚の前で足をとめると、ずらりと並んだ実験器具を、意味もなく眺めた。
　カーテンの隙間から絹糸のような光が差しこんでくるので、硝子製の実験器具や遮光瓶は、氷か煙水晶のようにきらきらと輝いている。
　蓮君はわたしに構わず、教卓にノートを置きにいった。
　同学年の生徒のことだ。
　四辻さんの訃報は、すでに蓮君の耳にも入っていることだろう。
　だけど蓮君もわたしも、そのことには触れなかった。
　わたしは四辻さんの死に動揺していて、まだ話題にできるほど、気持ちの整理がついていなかった。
　だから代わりに、小さな魚の骨みたいに、朝から心に引っかかっていたことを訊いた。

「学校に乃愛のこと話したの、蓮君？」

　蓮君は教壇の上から、数歩離れた場所にいるわたしを見る。

「そうだよ」

 蓮君の答えは簡潔だった。
 わたしはほんの一瞬の間を置いて、口をひらく。

「……そっか」

 わたしはただ、そう言った。
 別段、驚きはしなかった。
 もしかしたらそうなのかなって思ったからこそ、訊いたのだし。
 蓮君は昨日、わたしの携帯から乃愛の書き込みを見た。
 あれを知って、学校に通報しないほうがおかしいのかもしれない。
 乃愛を中心に回っていた、7組の感覚がおかしくなっていただけで。

「他のクラスのことなんて、俺には関係ないけど」

 蓮君は、淡々とした口調を崩さずに言う。

「えりがいるから、無関心ではいられないんだ」

わたしはなんて返したらいいのかわからず、ただ蓮君の顔を見つめた。
　蓮君はわたしを見据えたまま、教壇から下りた。

「余計なことだった？」

　わたしは、首をふった。

「ううん。……だって蓮君は、守ろうとしてくれたんだよね」

　とたん、蓮君は唇を閉ざしてしまう。
　……自意識過剰か。
　わたしはきまりが悪くなって、乱れてもいない前髪を手で梳いた。

「ごめん。わたしなんか変なこと言った。あの、えっと」
「そうだよ」

　しどろもどろになるわたしに、蓮君は急に言った。

「俺は学校を頼っただけだし、守るって言い方はおおげさだけど、でも、他に言いようがない。えりを安全な場所に置くためなら、方法はなんでもよかった」

わたしは、何か言わなきゃいけないと思って、ゆっくりと唇をひらいた。
　言うべきことはたぶん、たくさんあるはずなのに。

「……そう」

　のどが熱くなって、それしか出てこなかった。
　わずかな沈黙の後、蓮君は腕時計に目を落とす。

「行こう。昼休み、あと15分しかない」

　わたしはうなずき、出口に向かう蓮君に続いた。
　蓮君はドアを開けようとして、その手をとめた。

「蓮君？」
「……一応言っておくけど、俺は謝らないよ。廣瀬を退学に追い込んだことが、悪いことだったとは思わないから。廣瀬が、えりの友達だったとしてもね」
「友達だったのかな」

　ドアをひらくと、蛍光灯の光が瞼を照らした。
　廊下は生徒たちの笑いさざめく声で溢れていた。

67

わたしはそれを耳にしつつ、小さく息を吸う。

「顔見知り以上ではあったと思うけど……」

　蓮君と並んで廊下を歩きだす。
　乃愛とはライターでは繋がってたけど、それだけだった。
　むしろ昨日から、関係は悪化していた。
　でも。

「……わかんないや」

　わたしはただそう言って、力なく笑った。

9月5日　金曜日

鉛色(なまりいろ)の雲が、空一面を覆っていた。
　7組の2時間目は、体育である。
　女子は外で陸上競技をすることになっていた。
　グラウンドには、雨が降る前に特有の、生温かくて湿った風が吹いている。

　四辻さんが飛び降りてからまだ間もないのに、あたりには血痕ひとつ見当たらなかった。
　四辻さんのお通夜や葬儀は、親族だけでおこなわれたそうだ。
　亡くなった四辻さんと、退学になった乃愛を置き去りにしたまま、わたしたちは、ゆるやかに日常を取り戻しはじめていた。
　グラウンドに体育科の男性教師が現れると、わたしたちはよく訓練された軍隊のように、グラウンドに整列する。
　前に出た体育委員に倣(なら)って、準備体操をはじめる。
　途中、頬に、冷たい水滴が落ちてきた。

「あ、雨だ」

　と、誰かが言った。
　わたしは空を見上げた。
　上空はここよりもずっと風が強いのだろう。
　黒雲のかたまりが、単細胞生物のようにうごめきながら、ものすごい速度で空をすべっていく。

台風が接近しているのもあってか、天気は不安定だった。
　降りはじめはグラウンドにポツポツと水玉もようをえがいていた雨は、たちまち土砂降りの雨に変わる。

「中に入ろう。体育館前に集合だ！」

　先生の指示とともに、わたしたちは校内に駆け戻った。
　ほかのクラスは授業中だから、いま廊下を歩いているのは、7組の女子だけだ。
　体育館まで静かに移動するようにと先生から言い含められていたので、わたしと千鶴は、声をひそめて話した。

「……体育館でなにやるんだろう？」
「跳び箱とかだったら最悪だよね」

　いきなり、前を歩いていた子たちが立ち止まった。
　わたしたちは、あやうくぶつかりそうになる。

「ちょっとー。いきなり止まらな……」

　抗議に出ようとしていた千鶴が、急に言葉を切った。
　その理由は、すぐにわかった。
　乃愛がいる。

前方に立ち塞がった乃愛は、どこか面倒そうな表情を浮かべてわたしたちを見ていた。
　乃愛は私服だった。
　オフショルダーのブラウスにふわっとしたレースのスカパン。ミュールのつまさきには、オレンジ色のビジューがきらきらと光っている。
　なんで乃愛が来ているのかわからない。
　だけどわたしは乃愛よりも、乃愛の横で所在なげにたたずむ、着物姿の女性が気になった。
　40〜50代といったところか。
　灰色のような銀色のような、地味な色あいの着物を着て、乃愛とわたしたちをおろおろと見比べていた。

「ママは先に行ってて」

　張りつめた沈黙を破ったのは、乃愛だった。

「でも」
「いいから！　もう退校手続きは済んだんだから、学校の外に出ててよ」
「え、ええ。……わかったわ」

　乃愛の母親は娘の言いなりになって、わたしたちに軽く頭を下

げると、その場を去っていった。

「ねえ」

　母親の姿が見えなくなってから、乃愛は言った。

「これ、なんのつもりなの？」

　乃愛はバッグから、携帯を取り出した。
　その画面を、見ろ、とばかりにわたしたちに突きつけてくる。

「乃愛」
「……なにかあったの？」

　気まずそうに乃愛のもとに進み出たのは、乃愛といちばん仲が良かった瞳とゆうこだった。
　ほかの子たちも、乃愛の携帯にむらがりはじめた。

「なにこれ……」
「やだ、え、なに？」

　みんな、それを見たとたんに顔をしかめていく。
　わたしと千鶴も、一緒に画面に注目した。

表示されていたのは、乃愛のホームから見た、ライターのタイムラインだった。
　そこにあった一枚の画像を見て、わたしは息をとめた。

　子供の死体だ。

　わたしはまばたきをして、もういちどよく見た。
　すると、死体に見えたのは、ただの日本人形だった。
　わたしはほっとしたが、不気味なことに変わりはない。
　横で、千鶴がそろりと言った。

「こういうの、市松人形っていうんだっけ？」
「うん。……人形のことはよくわかんないけど、たぶん」

　まぶたの上でまっすぐに切り揃えられた前髪に、黒々とした長い髪。
　麻の葉を地柄にした紅い縮緬に、浅黄色の菊と、白牡丹の刺繡を散らした着物を着ている。
　もとはきっと、さぞかし美しい人形だったのだろう。
　あくまでも、「もとは」。
　人形は土の上に、無造作に転がされていた。
　さらに悪いことには、撮影時に雨でも降っていたのか、人形の顔には濁った水滴が点々とついていた。

ひび割れた白い頬。

べったりと貼りつく黒髪。

目はなかった。

正確には、眼球がなかった。

瞳がおさまっているべき場所に、何もないのだ。

ただ頭蓋骨の模型みたいに丸い眼窩(がんか)がふたつ、目の位置にぽかりと空いているだけだった。

けれど口元だけは、生あるもののように歪(ゆが)んでいた。

色あせて、がさがさになった唇で、人形は笑っている。

わたしはその人形に対して、言いようのない禍々(まがまが)しさと、不吉さを同時に感じた。

わたしは極力、市松人形を見ないようにしながら、ライターに書き込まれた文章を読んだ。

美紗@misa_564219・9月3日

【拡散死亡】廣瀬乃愛様。この書き込みがTLに表示されたあなたは、必ず3日以内に死亡します。ただしこれをRWすれば、あなたが死ぬ確率は半分になります。また、あなたが死ぬ前に、この書き込みによる死者が108人に達した場合は、あなたは死を免(まぬが)れます。あと108人

pic.writer.com/……

「あたし美紗なんて子知らないけど、わかってるよ」

　攻撃的な口調で、乃愛が言った。

「これ、誰かの別アカでしょ。いやがらせのつもり？　こういうやりかた、オタクみたいでまじきもい」

　乃愛の声は、ひどく、とげとげしかった。
　わたしたちは動揺した。
　真っ先に否定しにかかったのは、乃愛と仲良しの、瞳とゆうこだった。

「う、うちらは違うよ！」
「今だって友達だし……、それ以前に、こんな意味不明なことするわけないじゃん」

　でも、乃愛は進み出てきたふたりには目もくれず。
　不快そうに眉をひそめて、一同をざっと見渡した。

「言っとくけど。こういうのって、だれが書き込んだとか簡単に調べられるんだよ？　犯人がわかったら、あたし、タダじゃおかないから」

わたしはたじろいだ。
　美紗という人物にもあんな書き込み(ライト)にも心あたりはないけれど、気が弱いわたしは、乃愛の気迫に圧(お)されたのだ。

　授業中の校内はひどく静かだ。
　どこかのクラスで板書する音や、CDラジカセの無機質な英語の音声が、風に流れて聞こえてくる。
　それだけではなく……。

　　ザ———————————————————ッ

　外で降りしきる雨音まで、廊下に響いていた。
　生臭い風が、頬を撫(な)でるようにかすめていく。
　わたしは、わけのわからない不安感に襲われていた。
　そのときだった。

　乃愛が、急にカッと目を見ひらいた。

「ぐッ……」

　乃愛はうめくような短い声を発したあと、両手で、自分ののどもとを押さえた。

白い首すじと指先に塗られた真っ赤なマニキュアの対比が、毒々しいほどに、鮮やかだった。

「乃愛……？」
「どうしたの、具合悪い？」

　ゆうこと瞳が、おずおずと乃愛の肩に触れようとする。
　すると乃愛は、

　カクン。

　おじぎ草みたいに、前かがみになった。
　巻き髪が、小さな顔にカーテンのようにかかって、乃愛の表情が見えなくなる。

「ねぇ乃愛、なんか変だよ。どうし――」

　ゆうこが言いさしたとき、乃愛は急にガバリと顔を上げた。
　わたしは、息をのんだ。
　乃愛の顔はほんの一瞬のあいだに、別人のように様変わりしていたのだ。
　黄色く濁った目。
　剥き出しの歯茎。

唇の端からは、だらだらと、よだれがしたたっていた。
　計算高く、小悪魔じみていた可愛い顔は、すでに見る影もなかった。
　乃愛の身体が、ゆっくりと、前のめりになっていく。
　瞳とゆうこは驚いたのか、よけた。
　だから、わたしはとっさに前に出ていって、乃愛を抱きとめようとした。

「乃愛……っ」

　でもいきなり乃愛の全体重を受けとめることはできず、わたしはその場に尻餅をついた。
　その上から、乃愛が降ってくる。
　マネキンのように、わたしに倒れかかりながら。
　乃愛は、ぐりんっ、と白目を剥いた。

　わたしは、叫ぶひまもなかった。
　乃愛にのしかかられた弾みで、床に後頭部を打つ。
　視界が、真っ暗闇に呑み込まれた。
　どうやらわたしは、気絶したらしかった。

目を覚ましたとき、わたしはやわらかなベッドの上に横たわっていた。
　掛け布団のカバーとおそろいの、チョコレート色のドットが散りばめられた枕もとには、お誕生日に千鶴からもらった黄色いクマのぬいぐるみがいる。

「えり、気がついたのね……！」

　首をめぐらせると、わたしのベッドのかたわらにはママがいた。
　ウェーブがかった髪をゆるくたばねているママは、子供のように大きな瞳に、涙を浮かべて微笑んでいた。

「……ママ、なんで泣いてるの？」
「だって、えりが全然目を覚まさないから……。ママ、とっても心配したのよ」
　……ああ、そうだ。
　わたしは学校で倒れたんだった。
　わたしの頭を撫でながら、ママが言う。

「……覚えてる？　えりはね、学校で倒れて、いちど病院に運ばれたあとに、半日だけ入院して帰ってきたのよ」

　わたしは、部屋の西の窓に目をやった。

カーテンの隙間から、くすんだオレンジ色の夕日がさしこんでいる。

「いま何時なの？」
「もう６時近くになるわ」
「６時」

　わたしは額を押さえた。
　違う、もっと、もっと大事なことを聞かなければならない。
　そう。
　乃愛はあのあと、どうなった？
　わたしが訊ねる前に、ママが口をひらいた。

「そうだわ。えり、蓮君にも連絡してあげて」
「なんで？　何を？」
「ご心配おかけしましたって。蓮君は短縮授業が終わると、すぐに病院に駆けつけてきてくれたのよ」
「……そうなの？」
「ええ。えりが病院からおうちに帰ってくるまで、ずっとえりに付き添っていてくれたの。よかったらえりのお部屋に上がっていってって言ったんだけど、えりの許可がないのに入るわけにはいかないって、帰っちゃったの」
「許可って。蓮君らしいなぁ……」

「蓮君は昔から良い子ね。蓮君にならママ、安心してえりを任せられるわ」
「……蓮君は、ただの幼馴染だもん」

　わたしは、頭まで布団をひきかぶってしまった。

「あらあら、えりったら照れちゃって」

　ママはくすくすと笑うと、布団の上から、わたしの肩をぽんぽんと叩いた。

「ちゃんと蓮君にご連絡するのよ。ママはいまからはりきってお茶とお菓子を用意してくるからね」

　ママが部屋から出ていってしまうと、わたしはベッドの上に身体を起こした。
　わたしの携帯は、枕元にあった。
　寝起きでぼうっとする頭で、わたしは蓮君にメールを送った。
　わざわざ呼びつけるのも悪い気がしたけれど、お向かいだし、まあいいか、と思うことにした。
　ベッドの上で、またうとうとしかけたとき、家のチャイムが鳴った。
　慌ただしく玄関に向かう、ママの足音が階下で響いた。

「蓮君。たびたびごめんなさいね。えり、もう起きてるから、どうぞ２階に上がってて」

　お邪魔します、と呟(つぶや)いた、けして明るくない声は、まぎれもなく蓮君のもの。
　階段を上ってくる音に続き、ドアがノックされた。

「えり、入るよ」

　いつもどおりの、淡白な口調。

「どうぞ」

　と言ったあとで、わたしははっと気がついた。
　ベッドの上で起き上がり、サイドテーブルに置いたスタンドミラーに顔を映す。
　やっぱり。
　前髪が跳(は)ねていた。
　わたしの髪は柔らかくて、とにかく扱いにくいのだ。

「や、やっぱりちょっと待っ……」

83

わたしはとっさに言ったけれど、遅かったらしい。
　ガチャリとドアがあいた。

「頭、痛いの？」

　前髪を押さえるわたしに、蓮君が訊いた。
　放課後だというのに、蓮君はネクタイをしめた制服姿。
　わたしはこれ幸いと、話題を変えた。

「そ、そういうわけじゃないけど。あ、あのっ、蓮君は、なんでまだ制服なの？」
「いま帰ってきたところなんだ。寄り道してたから」
「寄り道？」
「うん」

　蓮君はうなずくと、後ろ手でドアノブを引いた。
　パタン、と音を立てて、ドアが閉まる。
　蝉の鳴き声しか聞こえなくなった。
　もしかして、ふたりきり。
　ここが学校ではなくわたしの部屋だからか、わたしは妙に意識してしまった。
　けれどそんなわたしをよそに、蓮君は平然とした様子でこちらに歩み寄ってくると、手に提げていた紙袋をわたしの前に差し出

してきた。

「はい。お見舞い」
「な、なあに？」
「えりが好きそうな苺大福、いっぱい買ってきた」
「え、本当？　わーい。ありがとう」

　わたしは紙袋を受けとると、さっそく開けてみた。
　……苺大福ばかり6つも入っている。

「……全部食べてもいいよ」
「食べないよ！」

　わたしはむっとして、表情のない蓮君に反論した。
　ほんの少しだけ、気持ちがやわらいだ。
　でも……。

「……乃愛は？」

　蓮君がベッドの端に腰かけたところで、わたしは訊いた。
　怖かったけれど、いつまでも、現実逃避してはいられない。
　蓮君は色硝子のような目でわたしを見た。
　そうして、短く告げた。

「亡くなったって」

　わたしは。
　そう、とだけ、呟いた。
　ほかに、言葉が見つからなかったのだ。
　冷静なわけではない。
　わたしは、両手で掛け布団を握りしめた。
　こぶしが、わたしの意思とは関係なしに、小さく震えている。
　乃愛はきっと、あのときにはもう死んでたんだろう。
　わたしにのしかかりながら、黒目が、ぱっと白目に変わった、あの瞬間には。
　目を閉じれば、その光景がまざまざとよみがえった。
　うつむいたら、手の甲に雫が落ちた。
　わたしは、勝手に溢れだしてきた涙をとめることができなかった。
　蓮君は、そんなわたしを黙って見つめていた。
　どう声をかけたらよいのかわからないというよりは、今のわたしには、どんな言葉も意味をなさないと思ったのかもしれない。

　だけど、わたしはそれでじゅうぶんだった。
　蓮君が傍にいてくれれば、たぶんそれだけで、わたしは正気を失わずに済むのだ。

「……蓮君。乃愛、なんか変だったんだよ」

　わたしは、かすれた声で言った。

「変ってなに。……心不全を起こしたって聞いたけど」

　わたしは、首をふった。

「心不全……？　わからない。急に、苦しみだしたの」

　わたしは、嗚咽を漏らした。
　ひとたびむせび泣いてしまえば、もうとまらなくなる。
　音もなく、蓮君の手がのびてきた。
　なめらかな白い指先は、わたしの頬をいちどだけ撫でてから、後頭部へと移動していった。
　わたしは、蓮君に引き寄せられていた。
　ひとしきり泣いたことで消耗していたわたしは、あらがわずに、蓮君の胸に頭を預けた。

　異常な死に直面した恐怖は、簡単には消えはしない。
　けれど蓮君の心臓の音を聞いているうちに、わたしは自分の精神が安定していくのを感じていた。

こんなときだというのに。
ううん、きっと、こんなときだからこそ。
わたしは自分の胸の奥に潜(ひそ)んでいた想いに、気がついてしまったのかもしれない。

　……蓮君のことが、好きなんだって。

9月6日　土曜日

その朝は、緊急全校集会からはじまった。
　乃愛をよく知る1年7組の子も、乃愛の名前さえ知らない他の学年の人たちも、体育館で黙とうをささげた。
　乃愛は退校済みだったけれど、その机はまだ、教室の隅に残っている。
　乃愛と付き合っていた海斗か、それともほかの誰かが置いたのか、机の上には花瓶があった。
　コスモスが一輪、風に吹かれて揺れていた。

　今日は土曜日だから、午前中いっぱいで授業が終わる。

「日直、号令」

　帰りのHRである。
　重苦しく、淀んだ空気が立ち籠める教室で、担任が無機質な声を発した。

「きりーつ」

　日直の男子の、気だるそうな声が響いた。
　ばらばらと、みんなが立ちあがったとき。

「ひっ！」

うしろのほうの席から、急に女子の悲鳴があがった。
　ゆうこだ。
　みんな、反射的にゆうこを見た。
　両手で携帯を持っていたゆうこの顔は、死人みたいに真っ青になっていた。

「……ゆうこ？」
「どうしたの？」

　近くの席の女子たちが、声をかけていた。
　担任も、怪訝そうにゆうこを見ている。
　耳が痛くなるような静寂の中で、ただゆうこの声だけが、細く響いた。

「わ、わたしのタイムラインに、乃愛の書き込みが。リライトが」

　教室中がどよめいた。
　わたしは、もうすでに、いやな予感がしていた。

「乃愛の？」
「どういうこと」

「リライトってもしかして昨日の──」

　ガタン、と、椅子を蹴る音がした。
　窓際に座っていた海斗が、ゆうこの席につかつかと歩いていく。

「おい、貸せ！」

　海斗は強い口調でそう言うと、ゆうこの手から携帯を奪い取った。
　液晶画面に目を落とした海斗は、問題とおぼしきツイートを、声に出して読み上げた。

廣瀬乃愛さんがリライト
美紗@misa_564219・9月3日
　【拡散死亡】笠原ゆうこ様。この書き込みがTLに表示されたあなたは、必ず3日以内に死亡します。ただしこれをRWすれば、あなたが死ぬ確率は半分になります。また、あなたが死ぬ前に、この書き込みによる死者が108人に達した場合は、あなたは死を免れます。あと107人
pic.writer.com/……

海斗が読みあげているあいだにも、みんな、自分の携帯をチェックしはじめていた。
　もちろんわたしも見る。
　だけど乃愛のリライトなんて、タイムラインに出ていない。

「なんで？　なんで瞳のとこには出てないの!?」

　ゆうこが瞳の携帯を覗きこみながら、叫んだ。

「わ、わかんないよ。海斗君のタイムラインには？」
「いや、俺のところにもない……」

　わたしたちは、もう終礼どころではなくなっていた。
　真面目な子も、そうじゃない子も関係なく席を立ち、ゆうこの周りに集まっている。
　静かにしろ、席につけ、と担任が声を荒らげているが、誰も耳を貸さなかった。
　わたしは、ゆうこの机の上に投げ出された携帯に目を落とした。
　タイムラインには、確かに海斗が読みあげたとおりの書き込みがあった。
　わたしはそこに、薄気味悪い違和感を覚えていた。
　同じことに、みんなも気がついた。

93

「ねぇ、なんかおかしくない……? なんでタイムラインの一番上に、乃愛のリライトが出てるの?」
「だよな。だってその下に、別の奴の1時間以内のライトがあるのに」
「……の、乃愛が、1時間以内にリライトしたってこと?」

　血の気が引いた顔で。
　ゆうこは、さらに言った。

「これって、四辻さんの呪いなんじゃ……」
「な、何言ってんの。ゆうこ」
「だって! 偶然にしちゃ、できすぎてるもん!」
「ゆうこ、落ち着いて」

　瞳がゆうこをなだめにかかった。

「き、気にすることないよ。そうだ、きっと悪質なアプリとかだよ!」

　瞳は明るい声で言って、ゆうこの肩を叩く。

「じゃぁ」

ゆうこは怯えたような目をして、瞳を見上げた。

「リライトしてもいい……？」

　瞳の笑顔が、一瞬ひきつる。
　だけどすぐに、瞳はうなずいた。

「うん。それでちょっとでもゆうこの不安がまぎれるなら、リライトしたらいいよ」

　ゆうこは、ほっとしたように笑った。
　それから。
　わたしたちが見守る中で、リライトしたのだった。

「……それ単に、システムの不具合とかじゃないの」

　帰り道。
　駅の階段を上りながら、わたしが乃愛のリライトの話をすると、蓮君は案の定、冷めた調子でそう言った。

「うん。……最終的には、みんなそんな感じで納得してたんだけどね」
「……えりは納得してないんだ」
「だってやっぱり、昨日の今日で、わたし……」
「無理もないけど。早く忘れることだよ」

　わたしより一段ぶん速く階段を上っていた蓮君は、わたしのほうを振り返ると、無言で手を掴んできた。
　触れられているのは手のひらなのに、なぜか頬が熱くなる。
　我ながら、薄情だと思った。
　だって、つい昨日、同じクラスだった子が死んだのに。
　そして今、ゆうこがライターに怯えているのに。
　まるで他人事のように、わたしの頭の中は、平常通りに動いていた。
　わたしは、そんな自分に罪悪感を覚えるのだ。
　……本当は、恋なんかしてる場合じゃないんじゃないかな。
　階段を上りきってホームに立ったとき、わたしはとうとう後ろめたさに耐えかねて、蓮君の手を振りほどいてしまった。
　蓮君はわたしを一瞥しただけで、なにも言ってこなかったけれど、わたしはひとり、気まずさをもてあました。

　——と、そのとき。
　駅構内に、聞き慣れたアナウンスが流れた。

『まもなく２番線に……線、……行きが参ります』

　わたしたちが乗るのはこれではなく、１番線だ。
　電光掲示板を見ると、１番線に次の電車が来るのは、10分後だった。
　この駅は、土曜日のお昼はいつもわたしたちの学校の生徒で埋めつくされる。
　わたしと蓮君は、いつも決まった車両に乗った。
　家の最寄り駅の、階段近くで降りられる車両だ。
　乗車位置に向かって歩いている途中、わたしは反対側のホームに、ゆうこと瞳の姿を見つけた。
　リライトしたことでいくらか気が晴れたのか、ゆうこからは、すでにさきほどのような悲愴感は感じられなかった。
　雑踏の中で瞳と話しながら、ときおり笑みさえ浮かべている。

「よかった。ゆうこ、すこしは元気になったみたい」

　わたしが立ち止まると、蓮君が首をかしげた。

「ゆうこ？」
「うん。さっき話した子。ゆうこっていうの」
「……ああ、ライターの人」

蓮君は、あまり興味がなさそうに呟いた。
　でも蓮君はもともと他人に関心を示さないほうだから、わたしは気にせずに話を続けた。

「そうだ。蓮君にもあのライト、見てほしいの」

　悪質なアプリにしろシステムの不具合にしろ、頭の良い蓮君ならなにかわかるのではないかと思って、わたしは鞄の中から携帯を取り出した。
　ゆうこがあのライトをさらにリライトしたならば、ゆうこと相互フォローしているわたしのタイムラインにも上がっているはずだった。
　ところが。
　ライターにアクセスしてみたものの、わたしのタイムラインに、ゆうこのリライトは表示されていなかった。
　こんなことってあるんだろうか。
　ゆうこがリライトするところを、わたしは確かにこの目で見届けたはずなのに。
　タイムラインをさかのぼってみても、ゆうこのリライトは現れない。

「おかしいな……。なんでない——」

パアァァァ——————————————ッ！

　わたしのひとりごとは、1番線の電車がホームに近づいてくる轟音でかき消された。
　その音に。
　突如として、悲鳴が重なった。

「ゆうこ！」

　そう叫んだのが、瞳だと気がついたわたしは、顔を上げた。
　瞳が、ゆうこに縋りついていた。
　ゆうこはまるで何かに憑かれたように、ふらふらと、線路のほうに向かって歩いていたのだ。

「ゆうこ……？」

　わたしは、ふたりのほうに駆け出そうとした。
　だけど、電車がホームに入ってくるほうが、早かった。
　ゆうこは幸せそうに笑うと、瞳の手を振りほどいた。
　ゆうこのかかとが、軽やかに、ホームを蹴った。
　ゆうこは白鳥のように両手を広げると、ふわり、と線路に飛び込んでいった。

その直後、ゆうこの身体は猛スピードで走ってきた電車にはね飛ばされた。
　わたしはとっさに目を背けた。
　でも、いやな音からは逃れられなかった。

　ぐちゃ。

　ひき肉をこねたときみたいな音がした瞬間。

　ホームには、真っ赤な血が。
　肉片が。
　脳漿が。
　まるで花吹雪のように、パッと飛び散った。

9月8日　月曜日

今日は、朝から良いお天気だった。
　でも7組には、じっとりとした、陰気な空気が流れていた。
　ゆうこの机の上に、花が置かれている。
　ミニヒマワリと、ふわふわしたかすみ草だ。

　欠席かと思われた瞳が登校してきたのは、昼休みがはじまってすぐのことだった。
　教室のドアが開いた。
　ストレートの髪を、低い位置でツインテールにした瞳が入ってくる。
　席を向かい合わせにしてお弁当を食べていたわたしと千鶴は、瞳の豹変ぶりに、声をなくした。
　一晩見ないあいだに瞳は憔悴しきっていて、頬の肉などは重病人のように削げ落ちていたのだ。

　乃愛に続いて、ゆうこまで死んだのである。
　立て続けに親しい友達を亡くしたのだから、瞳の悲しみと動揺は、測り知れなかった。
　瞳はわたしたちに気がつくと、ふらふらした足取りで近づいてきた。

「えり、千鶴……」

横に立った瞳は、蚊の鳴くような声で言った。

「ふたりのとこにも、ゆうこのリライト出た……？」
「ゆうこのリライト？」
「……携帯見せて」
「え、いいけど。……はい」
「うそっ。なんで？　なんでないの⁉」

　瞳が、悲鳴にも似た声を上げた。
　リライト。
　そんな単語が、カビのように増殖して、わたしの頭の中を埋めつくしていく。
　わたしは慎重に、瞳に訊いた。

「どうしたの？」
「……これ……」

　瞳は自分の携帯を、わたしたちの机の上に置いた。
　すでに、ライターにアクセスしてある。

笠原ゆうこさんがリライト
美紗@misa_564219・9月3日
【拡散死亡】一之瀬瞳様。この書き込みがTLに表示されたあなたは、必ず3日以内に死亡します。ただしこれをRWすれば、あなたが死ぬ確率は半分になります。また、あなたが死ぬ前に、この書き込みによる死者が108人に達した場合は、あなたは死を免れます。あと106人
pic.writer.com/……

　文面も、アップロードされた不気味な人形の写真も、その他の点も、ゆうこのときとまるで同じだった。
　千鶴が、顔を上げた。

「瞳がこのリライトに気がついたのはいつ？」
「今朝、起きたとき……」

　瞳の顔が今にも泣き出しそうに、くしゃりと歪んだ。

「ねぇ、わたし気づいちゃったの。『あと106人』って書いてあるけど、これが乃愛の携帯に出てたときは『あと108人』だった。ゆうこのときは、『あと107人』ってなってたような気がするの──

一」

　そうなのだ。
　リライトされるたびに、数が更新されていく。

「やっぱり、ゆ、ゆうこが言ったとおり……、よ、四辻さんの、の、呪い、なのかも、しれない」
「瞳……」

　言葉を詰まらせたわたしの横で、千鶴が口にした。

「呪いって、なに言ってんの。そんなもの──」
「ないって言いきれるの!? 乃愛もゆうこも、このリライトが出てから本当に3日以内に死んじゃったんだよ！　……それも普通じゃない、異常な死に方だった！」
「しっかりしなよ、瞳！」

　千鶴が、声を張り上げた。
　はたと口をつぐんだ瞳に、千鶴は口調をやわらげて言う。

「呪いなんかあるわけないじゃん。いたずら目的のアプリかなんかだって、瞳がおととい、言ったんだよ」

105

瞳が意見を求めるようにわたしを見てきたので、わたしも、慌ててうなずいた。

「そ……そうだよ。そうじゃなかったらきっとシステムの不具合とか、そういう感じのものだよ」

　瞳を安心させられるような言葉がすぐには思い浮かんでこなくて、わたしは結局蓮君からの受け売りをそのまま口にした。
　でもわたし自身がそれで納得していたわけではなかったから、当然説得力などあるはずもなく。
　瞳の目が、見る間に潤んでいった。
　泣かないで、と言いかけたとき、瞳が震える唇をひらいた。

「……ねぇ、えりの幼馴染の人って、10組だよね」
「う、うん」
「じゃあ」

　と、瞳がすがるような目をしてわたしを見た。

「櫻居君に訊いてきてほしいの。これが呪いなのか、そうじゃないのかって」
「えっ……」

櫻居君は、学年では有名な霊感少年だった。
　しょっちゅう何もない壁をぼーっと眺めていたり、授業中に、彼にしか見えない何かと交信していたりするらしい。
　わたしは、櫻居君と話したことがない。
　でも、

「お願い！」

　ただでさえ弱っている瞳に泣きそうな顔で懇願されて、わたしは、「わかった」と言うしかなかったのである。

　5分後、わたしは10組の教室の前に立っていた。
　千鶴と瞳は階段の踊り場に隠れて、わたしを見守っている。
　覗き窓から教室内を見てみると、まだ昼休みが終わるまでに時間があるせいか、空席ばかりだった。
　だけど幸いなことに、教室には、蓮君も、櫻居君もいた。
　窓際の席で突っ伏しているのが、たぶん櫻居君。
　顔は見えないけれど、色素が薄いふわふわした髪の毛と、生まれてこのかた一度も日にあたったことのないような白い肌が、本人の特徴と一致した。

日だまりで居眠りする櫻居君とは対照的に、教卓近くの席に座る蓮君は、まじめだった。
　机の上に赤本を広げ、周辺にいる３人の男子たちと、ときどき何か喋りながら、勉強会のようなことをしている。
　やがて、そのうちのひとりがこちらの視線に気がついたようだった。

「葛西、お前の彼女来てるぞ」

　教室の外まで届くような声で、蓮君の友達が言った。
　ひやかす風でもなく、あくまでも真顔なあたりが蓮君の友達というか、類は友を呼ぶというか。
　蓮君はそういうのをいちいち否定するようなタイプではなかったので、覗き窓に張りついたわたしと目が合うと、黙って立ち上がった。
　つかつかとこちらに向かってきて、ドアを開ける。

「……めずらしいね。どうしたの」
「えっと、ごめんね。勉強の邪魔しちゃって」
「邪魔じゃないよ。暇つぶしにやってただけだから」

　暇があったって勉強しないわたしは、蓮君の勤勉さに感心しながら、さっそく本題に入った。

「あのね。これ、うちのクラスの瞳っていう子の携帯なんだけど……」

　わたしはかいつまんで、事情を話した。
　奇妙なリライトが、今度は瞳のタイムラインに出現したこと。
　そのせいで瞳がひどく怯えてしまっていること。
　そしていまは藁にもすがる思いで、櫻居君のお告げを聞きたがっていること。
　蓮君は相槌を打ちながら聞いていたが、わたしがひととおり喋り終えたところで、ちらりと教室内を振り返った。
　櫻居君がいることを確かめたらしい。

「おいで」

　感情の読めない目でうながされて、わたしはそろそろと10組の教室に足を踏み入れた。
　友達の家にお邪魔したときと一緒で、別のクラスの教室というのは、なんだか肌にしっくりとなじまないような、よそよそしい気配がする。
　蓮君は、机に突っ伏した櫻居君の横で、足をとめた。

「櫻居」

蓮君の声に反応したのか、櫻居君はこちらに顔を向けた。
　けれど依然として起きる様子はなく、安らかな寝息を立てている。
　天使のような寝顔だ。
　唇は薔薇の花片みたいだし、マシュマロ肌のほっぺたには、水に溶いたような透明の朱が、うっすらとさしている。
　髪の毛と同じ、ヘーゼルナッツのような色をした睫毛は濃く長く、黄金の粉をふりまいたように、きらきらと輝いていた。
　そこらのアイドルより可愛い顔をしているので、これで性格が電波じゃなければ、きっともっともてていたと思う。

「櫻居。起きて」

　蓮君は、今度は櫻居君の肩を軽く揺すった。
　櫻居君は「うふふ」とかすかに笑ったけれど、まだ夢の中から出てくる気配はなかった。

「……」

　蓮君はしびれを切らしたのか、最終的には無言で櫻居君の頬をつねった。
　そこでようやく櫻居君は、白いまぶたを持ちあげた。

110　拡散希望　140字の死亡宣告

琥珀色の目の焦点が蓮君に合うと、櫻居君はぽやぽやしながら身を起こした。

「あれ、葛西がいる……」
「この子、７組の深澤。お前に用だって」

　ぽうっとする櫻居君にはまともにとりあわず、蓮君はさっさとわたしを紹介した。

「ふかざわさん……」

　櫻居君は眠たげに目をこすりながらわたしを見た。
　でも、瞳の携帯に気づいたとたん。
　急に目がさめたみたいに俊敏な動きで、ぶんぶんと首を振りだした。

「やだやだ、僕無理！」

　いきなり拒絶されて、わたしはあっけにとられた。
　だけど、すぐに自分の使命を思い出して、口をひらいた。

「わたし、まだなにも言ってないんだけど」
「僕、視えるだけでお祓いとかは無理です。おやすみなさい」

「お祓いって――」

　わたしはまだ喋っているのに、櫻居君は聞こえないふりをして、ぐうぐうとたぬき寝入りをはじめてしまった。
　この人、曲者(くせもの)なのかもしれないと思った。
　だけど、わたしはここで引き下がるわけにはいかないんだ。
　わたしは櫻居君の肩を、やや乱暴に揺さぶった。

「ねえ、お祓いって何？　なんかやばいの？　ねえちょっと、意味深なことだけ言い残して寝ないでよ。瞳を安心させるのに、頼れるのは櫻居君しかいないんだから！」
「ぐうぐう」

　わたしはイラッとした。
　本当に寝ている人が「ぐうぐう」なんていうものか。

「もう、起きてってば！」
「ぐうぐう。むにゃむにゃ」
「昼休み終わっちゃうでしょ！」

　わたしは厳しい声で言ったが、櫻居君は意地でも寝たふりを続けるつもりらしかった。
　わたしは、情けない顔で蓮君を見上げた。

すると蓮君は心得たように、どこからともなく、アイスクリームのようなかたちをしたお菓子を取り出した。
　それを櫻居君の鼻先に近づけて、静かに呟く。

「これあげるから、深澤の話だけでも聞いてやって」
「あっ、ジャイアントパクリコ！」

　櫻居君はあっさりと目を開けると、蓮君の手からお菓子をもぎとった。
　そのあとで、気が進まない様子でわたしを見た。
　というよりは、瞳の携帯を。

「その携帯、深澤さんの？」
「ううん、友達のだけど……」
「ふうん」

　櫻居君は少し考えるように沈黙してから、言った。

「その持ち主、呪われてるよ」

　わたしは、霊能力者とか、そういうのは半信半疑だった。
　けれど人形のような顔で静かに告げる櫻居君には、妙な凄味があって。

わたしは思わず、姿勢を正したのだった。

「……呪われてるって、誰に？」
「わからない。でも、何かとても悪いもの。僕の手には負えないと思う……」
「手に負えないって——」
「僕じゃ助けられないってこと」

　きっぱりと言い切った櫻居君の目は真剣で、寝ぼけていたときとは、まるで別人のようだった。

「……な、なんとかならないの……？」

　わたしは心霊的なものに対する漠然とした恐怖はあるけれど、呪いなんてものを、頭から信じているわけではない。
　それでも無いことの証明は、あることの証明よりも難しい。
　だからわたしは、とりあえずは呪いというものがこの世に存在するのだと思うことにして、櫻居君に助けを乞うた。

「気休めにしかならないと思うけど……」

　櫻居君はぶつぶつと呟きながら、机の中からルーズリーフの束を引っ張り出した。

ビリッ。

　1枚を七夕飾りの短冊のように引き裂くと、ペンケースから取り出した筆ペンで、さらさらとなにかを書きつけていく。
　崩し字というのだっけ。
　昔の人が書いていたような、文字が全部つながった一文。

「なんて書いてあるの？」
「極めて汚濁き事も滞りなければ穢濁きはあらじ、内外の玉垣清し浄しと白す。……厄災を退ける、祓詞」
「ふーん……」

　聞いても、何がなんだか、さっぱりだった。
　櫻居君は墨を乾かすためか、それともほかにおまじない的な意味があるのか、最後にふっと短冊に息を吹きかけると、わたしの前に差し出してきた。

「霊符。お守りみたいなものだよ。うち、製薬会社だけど、僕のひいおじいちゃんの代くらいまでは、拝み屋みたいなこともやってたんだって……」
「お守り……」
「僕はほとんど趣味みたいなものだし、あまり強い怨念には効か

ないけど、それでなんとかしのげるといいね」
「……ありがとう」

　わたしがお札を受けとると、櫻居君はひとつ大きなあくびをして、また眠りについてしまった。

　わたしは蓮君と別れて、10組の教室を出た。
　すると廊下で一部始終を見守っていた瞳と千鶴が、さっそくお札について訊いてきた。

「えり、なにそれ？」
「霊符とかいうらしい。お守りになるんだって」
「効くの？」
「う、うん。なんかけっこう効きそうなかんじする」

　瞳の手前もあり、わたしは千鶴の問いに、大きくうなずいてみせた。
　千鶴がうさんくさそうにするのはもっともだったが、わたしから携帯とお札を受けとった瞳のほうは、涙ぐんでさえいた。

「えり……、ありがとう」

瞳は感極まったように声をにじませると、わたしに抱きついてきた。
　果物みたいに甘い香りがした。
　細い肩は、もう震えていなかった。
　お札がどうとか、そういうのは正直よくわからない。
　だけどこういうのは気持ち的な問題だから、瞳がこれで平穏に暮らせるなら、それはそれで、効果があるってことになるのだろうか。

　放課後。
　蓮君と一緒に学校から駅まで向かう道すがら、わたしはふと空を振り仰いだ。
　お昼過ぎくらいまでは晴れていたのに、午後5時をまわった今は、分厚い雲がかかっていた。
　遠くから雷鳴が聞こえる。
　ときおり、鉛色の空に、蛇のような閃光が走った。

「家に着くまで降らないといいけど……。傘持ってきてないよ」

　わたしが呟くと、隣を歩いていた蓮君が、「あるよ」と言って

鞄からさっと折り畳み傘を取り出した。
　わたしは尊敬のまなざしで蓮君を見つめた。

「なんというか、さすが蓮君だよね。朝の天気予報でも、今日は１日中晴れるって言ってたのに」
「これ、俺のじゃないよ」
「え、そうなの？」
「帰り際に、櫻居に強引に押しつけられたんだ」
「櫻居君が、なんでまた……」
「さあ。『僕、雨が降ると思って傘２本持ってきたんだよ。本当に降ったら明日お礼にぷくぷくきんぎょちょうだいね』とかなんとか、言ってたけど」

　なんだそれ。

「櫻居君って、いったいなにものなの？　天気予報を的中させる陰陽師とか、エクソシスト的ななにか？」
「……その辺は俺もよくわからないけど、空気が入ってる系のチョコが好きらしいね」
「へぇー……」

　まあそんなのはどうでもいいや。

「蓮君、さっきはありがとう。瞳、あれからだいぶ落ち着いたんだよ。5時間目の体育も、ちゃんと出れてた」
「そう」
「あのね、今週末、乃愛とゆうこのお葬式があるの。……瞳、大丈夫かな」
「お札をもらったくらいなんだから、大丈夫じゃないの。効き目はともかく、自分は生きたい、助かりたいって思ったからこそ、お札をほしがったんだろう。そういう気力が残ってるなら、友達の死だって、いずれ克服できると思う」
「そうだといい——」

　　ヴ——————ッ
　　ヴ——————ッ
　　ヴ——————ッ

　鞄のなかで、携帯のバイブが鳴った。
　素早く取り出して画面を確認すると、瞳からの着信である。
　わたしは「ちょっとごめん」と蓮君に断りを入れてから、電話に出た。

「もしもし。……瞳？　どうしたの？」

　電話の向こうからすすり泣く声が聞こえてくると、わたしは厭(いや)

な予感がした。

『どうしようえり、いますぐ来て』
「来てって瞳、いまどこにいるの？」
『学校の屋上だよ』
「屋上……」

　どうしてそんなところにいるのだろうとわたしは一瞬考えたが、すぐに思いあたった。
　瞳は、ゴルフ部なのだ。
　ゴルフ場は屋上にあった。

『顧問の先生に休部届を出しにきたの。だってこんなにいろんなことがあって、部活なんてやってられないでしょ？　でも屋上に来てみたら、誰も来てなくて。それでわたし、なんだか胸騒ぎがして、櫻居君がつくってくれたお札を見たの。そしたらお札……』

　ひっく、としゃくりあげてから、瞳は続けた。

『真っ黒になってたの。墨で塗りつぶしたみたいに』
「え……!?」
『どうしよぉ……怖い、怖いよぉ』

それは、怖くないはずがない。
　わたしは立ち止まると、できるだけ冷静に言った。

「わかった、わたし、いまからすぐに学校に戻るよ。雨が降りそうだから瞳はとりあえず校舎に入ってなよ。10分後に7組の教室で落ちあおう」
『うん。待ってるね』
「じゃあまたあとで」
『うん、また。──あ』
「どうしたの？」
『ほんとうだ、雨が降りそう。雷が鳴りはじめたね』

　ゴロゴロゴロ……

　電話越しから、地鳴りにも似た雷鳴が聞こえてくる。

「うん。だからはやく校内に避難しなって」

　ゴゴゴゴゴゴゴゴゴゴゴゴゴゴゴゴゴゴ

『わかっ』

ド——————————ン！

『ぎゃあァあァァァァァァアアァああアァあぁ!!!』

落雷。そしてその直後、耳をつんざくような悲鳴がした。

「瞳⁉　瞳——————！」

わたしは金切り声で叫んだ。
けれど。

それきり、もう二度と、瞳は返事をしなかった。

9月9日　火曜日

その朝、瞳の机の上に、献花が置かれた。

陰鬱(いんうつ)な雨は、昨日からずっと降り続いている。
予鈴が鳴るまであと5分以上あるけれど、教室の中はとても静かだった。

「瞳……なんで瞳まで……」
「昨日までふつうにここにいたのに──」

雨音にまじって、ときおり女子たちの押し殺したような泣き声が聞こえてくる。
ぼんやりと窓の外を眺(なが)めていたら、わたしの机に足音が近づいてきた。

「深澤」

わたしは、そちらに顔を向けた。
適当に着崩された男子制服が目に入る。
健康的に日焼けした浅黒い肌に、ワックスでツンツンにセットされた髪。
能登海斗が、わたしの席の前に立っていた。

「……なに？」

「森崎のやつ。今日いないけど、どうしたの」
「千鶴なら欠席だよ。熱出したんだって」
「ほんとにそれだけ？」
「……それだけって、なに？」
「いや、乃愛とか、笠原とか一之瀬みたいに、森崎にもなんかあったんじゃないかなって……」

　海斗はわたしから視線を逸らすと、自分の頭をぐしゃぐしゃと掻きむしった。

「わたしは、熱を出したとしか聞いてないけど」
「ふーん」
「なんで能登君が千鶴のこと気にするの？」
「別に。なんもないなら、いい」

　海斗はそう言うと、用は済んだとばかりにわたしの席を離れ、いつもつるんでいる相川と佐野のところに戻っていった。
　わたしは、海斗の背中を黙って見送る。
　四辻さんが裸同然の写真を撮られたとき、その現場には海斗もいたという。
　乃愛たちにいじめられるだけでも怖かっただろうに、そこには腕力では絶対に敵わない男子までいて。
　四辻さんは、どれだけの恐怖と苦痛を味わったんだろう。

いじめた者はみな同罪だ。
　死んだ乃愛も、ゆうこも、瞳も。
　見てみぬふりをしていた、わたしや、千鶴だって。
　だけど海斗や相川、佐野に対するわたしの嫌悪感は、彼らが男であるだけに、なおさら強かった。
　そんな海斗が千鶴を気にしているとなれば、わたしは警戒しないわけにはいかないのだった。

　その日の悲劇は、２時間目のあとに起きた。
　わたしたちは教室移動で、視聴覚室に来ていた。

「うわっ、お前やばくね!?」

　教室に、だしぬけにひとりの男子の大声が響いた。
　騒いでいるのは、ドアのそばの、相川の席の周りに集まっていた男子たちグループ。
　海斗と佐野、それに相川だ。
　なにが楽しいのか、にやにやと半笑いを浮かべる佐野とは対照的に、相川の頬は、明らかにこわばっていた。
　海斗は無関心といった様子。
　みんな、携帯を片手に持っていた。

佐野は悪ふざけをしているときとおなじノリで、クラス中に響き渡るような声量で言った。

「相川のタイムラインにあのリライト出ちゃってるとか、マジ笑えねんだけど！」

　わたしは、心臓が凍りつくような思いがした。
　佐野の最初の一声ですでに静まりかえっていた教室は、瞬時にして緊張に包まれた。

「どれ……!?」
「おい相川、見せろよ！」
「わたしにも貸して！」

　恐怖するのに、男子も女子もない。
　教室のあちこちに散らばっていた生徒たちが、机と机のあいだを縫って走り、たちまち相川を囲んだ。
　わたしも、もちろんそのうちのひとりだった。
　怖くて、しかたなかったんだもの。
　呪いが。
　わたしは人波をかき分けていって、やっとのことで、机の上に放り出された携帯を見た。
　相川の携帯に表示されたタイムラインの先頭には。

一之瀬瞳さんがリライト
美紗@misa_564219・9月3日
【拡散死亡】相川健(たける)様。この書き込みがTLに表示されたあなたは、必ず3日以内に死亡します。ただしこれをRWすれば、あなたが死ぬ確率は半分になります。また、あなたが死ぬ前に、この書き込みによる死者が108人に達した場合は、あなたは死を免(まぬが)れます。あと105人
pic.writer.com/……

　相川は、放心したように自分の携帯を眺めていた。
　けれど何を思ったのか、いきなりガバッと身を起こすと、引っ掴(つか)むように携帯を手にした。
　すると横で見ていた佐野が、「ハッ」と笑った。

「リライトするとか、お前びびってんの？」

　小馬鹿にするような口調は、ただでさえ過敏になっていた相川の神経に触れたようだった。

「……なんだとてめえ！」

相川は勢いよく席を立つと、佐野の胸ぐらを掴んだ。
　佐野の顔からも、笑みがすっと消える。

「なにすんだよおい！」

　佐野が相川を突き飛ばす。
　相川はよろめいたが、それでさらに怒りに火をともしたのか、佐野に突進していった。

「笑いをとるために俺らまでネタにする、お前のそういうとこ、前から気に入らなかったんだよ！」

　相川は叫ぶと、佐野の顎をめがけてこぶしを放った。
　殴られた佐野も、やられてばかりではなかった。

「ってぇ……。あーもうマジでキレた」

　低い声で呟くと、目の奥に危険な光を宿して相川の頬を打った。
　友人どうしのあいだで起きたちょっとした小競り合いは、またたくまに殴り合いへと発展した。
　誰も、突然はじまった喧嘩をとめることができない。
　海斗はというと、仲裁に入るわけでもなく。

ふたりの諍いをどこか面白がるように眺めていた。
　わたしは、海斗のこういうところも気に食わなかった。
　直接的には手を下さずに、あくまでも傍観者として、人の不幸を楽しむのだ。
　わたしは、無性に腹が立ってきた。
　気づいたときには、海斗に食ってかかっていた。

「友達が喧嘩してるのに、よく平然と笑っていられるね。あんたみたいなやつは、いつか絶対ひとりになるよ」
「うわ、うざ。また正論の押しつけかよ。お前、彼氏が特進クラスだからって変な影響受けちゃってんじゃね」

　海斗はわたしを見て、茶化すように笑うと、またすぐに佐野と相川のほうに視線を戻した。
　この男、馬鹿なんじゃないの？
　クラスによって、人間性に違いなんか出るものか。
　苛立ちながらそう思ったとき、女子たちの中から、きゃあ、という悲鳴があがった。
　海斗に気をとられていたわたしは、喧嘩中のふたりに視線を戻した。
　手を出しあい、足を出しあい、ふたりの顔は腫れ上がって制服もすっかり汚れていたが、相川のほうが優勢だったようだ。
　佐野の鼻腔からは、だらだらと血が流れていた。

鼻をこすった佐野は自分の手のひらにこびりついた血に目をとめた瞬間、はた目から見てわかるくらいに顔を真っ赤にした。

「相川ァ‼」

　たぶん、みんなの前で鼻血を出したことが、彼のプライドを傷つけたのだろう。
　佐野は逆上したように叫ぶと、相川の肩を後ろから思いきり突き飛ばした。思いきり。

「うおっ」

　不意をつかれた相川は、驚いたような、とぼけたような声を発すると、体勢を崩した。
　重力にさからえず、頭から壁に突っ込んでいく。

　ゴッ

　軽くぶつけただけの音。
　けれど、その直後。
　ドサッと音を立てて、相川はあおむけに倒れた。
　目はカッと見ひらかれ、口はだらしなくあいていた。
　後頭部から、じわじわと、血だまりが広がっていく。

「お、おい……冗談よせよ……」

　佐野が、泣いているような笑っているような、複雑な表情を浮かべながら、相川の肩に触った。
　でも相川は、ぴくりとも動かない。
　すでに。
　事切れていたのだ。

「うわあああっ」

　佐野が、咆えた。
　死んだ相川を凝視しながら、ぐしゃぐしゃと頭を掻きむしる。

「俺は知らない俺は知らないうわあああああああ！」

　佐野は、完全にパニック状態に陥っていた。
　相川の死体をジャンプして飛び越えると、猛烈な勢いで、窓に突進していった。
　それはあまりにも一瞬の出来事だった。
　だからだれも、だれひとりとして、佐野をとめられなかった。

　バリイィィィイイイン！

窓ガラスを割って、佐野は外に飛び出した。

「……佐野！」

わたしたちは窓辺に駆け寄って、下を見た。
……不幸なことに、この教室は５階だった……。

　　　ザ———————————————ッ

激しく降る雨で、グラウンドには水煙が立ちこめていた。
　この階からではあまりにも遠く、佐野の姿は、手のひらにおさまってしまいそうなほど小さくしか見えない。
　それでもわたしの目は、はっきりと認識した。
　佐野はうつぶせに倒れているのに、首だけは、こちらを向いていた。胴体とは、完全に逆方向を。
　下から見上げてくるうつろな目と、わたしは目が合ってしまったような気がした。
　けれど小枝のようにへし折れた佐野の姿も、じわじわと広がる血だまりも、やがて、水煙にまぎれて見えなくなる。

　覚めても、
　覚めても、

悪夢だった。

「わあああああ！」

　教室の奥から、また悲鳴があがった。
　黒板の前で、男子が携帯を持ったまま固まっていた。
　携帯は、佐野のものだった。

「リライトが……あのリライトが……」

　うわごとのように繰り返す彼のもとに、みんな、すぐさま走っていった。

「なに？」
「どうしたの」
「見せてっ」
「あっ！」
「ま、待てっ、みんなに見えるように——」

　奪いあいになっていた佐野の携帯は、ひとりの男子の手にわたると、高く掲げられた。
　全員の視線が、一台の携帯に寄せられた。
　わたしも食い入るように、それを見つめた。

佐野の携帯の画面に出ていたのは、言うまでもなくライターのタイムラインである。
　わたしは、目が離せなかった。
　だってそこには。

相川健さんがリライト
美紗@misa_564219・9月3日
【拡散死亡】佐野祐司様。この書き込みがTLに表示されたあなたは、必ず3日以内に死亡します。ただしこれをRWすれば、あなたが死ぬ確率は半分になります。また、あなたが死ぬ前に、この書き込みによる死者が108人に達した場合は、あなたは死を免れます。あと104人
pic.writer.com/……

　わたしたち全員が見守るなか、そのリライトはまるで自分の書き込みを削除するときみたいに、ぱっと消えてしまったのだ。
　液晶にはだれも――だれも、手を触れていないのに。

「次はいったい……だれなんだよ」

だれかがそう呟いた瞬間、みんな、我に返ったようになった。
　だれもが無言のうちに自分の席に駆け戻り、あるいはその場でポケットから携帯を取り出して、自分のタイムラインを確認しにかかる。
　すぐ近くに死体があるのに、みんな、携帯に夢中になった。

「ない、よかった……！」
「あたしもない！」
「俺も――」
「ああ、助かった……」

　次々と、そんな声が上がる。
　わたしのタイムラインにも、あのリライトはなかった。
　わたしは、胸をなでおろそうとして。
　千鶴が今日、欠席だったことを思い出した。
　まさか……、千鶴のところに――？

　急いで千鶴にメールを送ろうとしたときだった。

「あるけど」

　落ち着きはらった声で、海斗が言った。

海斗は携帯を持った手を伸ばし、証拠とばかりにひとりひとりの眼前に突きつけていった。

佐野祐司さんがリライト
美紗@misa_564219・9月3日
【拡散死亡】能登海斗様。この書き込みがTLに表示されたあなたは、必ず3日以内に死亡します。ただしこれをRWすれば、あなたが死ぬ確率は半分になります。また、あなたが死ぬ前に、この書き込みによる死者が108人に達した場合は、あなたは死を免(まぬが)れます。あと103人
pic.writer.com/……

　確かに、ある。
　でも、どうして？
　佐野は、リライトなんかしてなかったのに。

「の、呪(のろ)いだよ……」

　女子のひとりが、ぽつりと口にした。

137

「やっぱり呪いだよ！　四辻さんが、あたしたちを呪ってる……！」

　……みんな、普段ならばきっと。
　そんな発言をした子を笑い飛ばすか、ドン引きするかのどちらかだったろう。
　でも呪いというものを否定できる材料が、なにもなくて。
　この状況を説明するのに、呪い以上にふさわしい言葉が見つからなくて。
　みんなたちまち、恐怖の渦に飲み込まれた。

「そうだっ、きっと死んだ子や海斗のフォローをはずせば助かるよ！」

　ひとりがひらめいたように叫ぶと、みんないっせいに、乃愛にゆうこに瞳、そして海斗のフォローの解除にとりかかった。
　だけど、だめだった。

「うそっ、なんで解除できないの!?」
「わたしもできない……」
「俺も……おい、なんだよこれ、どうなってんだよ！」

ライターに不慣れなわたしは出遅れたけれど、確かに解除できなかった。
　そもそも、解除ボタンがなくなっているのだから。
　亡くなった生徒や、海斗の解除ボタンだけではない。
　すべての解除ボタンが、消えていた。

「これじゃ誰のフォローもはずせないよ……」
「そうだ、退会しちゃえば……」
「おいっ、退会もできなくなってるぞ！」
「くそっ、マジだ！」
「もう逃げられないの？　あたしたち最終的にみんな死んじゃうの……!?」
「怖いよ、誰か助けて……！」
「お前ら、いい加減にしろよ！」

　海斗のどなり声で、教室はしんと静まりかえった。
　みんなの視線を一身に浴びた海斗は、チッと舌打ちした。

「呪いなんかあるわけねえだろ」

　今までの法則から考えれば、次に死ぬのは、タイムラインに死者からのリライトが表示されてしまった海斗だ。
　海斗だってそれに気づいていないわけがなかったけれど、虚勢

を張っているという風でもなかった。
　たぶん本当に、呪いなんかないと思っている。
　いま、海斗のすぐ足元に、140字の死亡宣告を受けとった者——頭の打ちどころが悪くて死んだ、相川の死体が転がっているというのに。

「ほい、学級委員」

　海斗は何を思ったのか、近くにいた長谷川君に、自分の携帯を投げて寄越した。

「な、なんだよ」

　受けとった長谷川君が困惑したように訊くと、海斗は面倒くさそうに言った。

「俺のパスワード、お前が好きなのに変えていいぞ。あと登録してあるメアドも捨てていいから。パスワードがわからない上にメアドもわからないんじゃ、もうログインしようがねえもんな」
「なんで僕がっ」
「いや単にお前、学級委員だからさ」
「やだよ、僕は呪いなんかに手を貸したくない！」
「うっせーなぁ。つべこべ言ってんじゃねえよ」

海斗が不機嫌そうな声を出すと、長谷川君はそれ以上は逆らえなくなったのか、しぶしぶと言う通りにした。
　これで、海斗が生き延びる道は、完全に断たれたわけだ。
　ほどなくして、先生たちがバタバタとわたしたちの教室に駆けつけてきた。
　若い男性教諭のひとりは、相川の死体を目にとめた瞬間に、真っ青になって嘔吐した。

　相川と佐野はやはり、救急隊員が到着したときには死亡していた。
　ふたりとも、即死だったのだそうだ。

　3、4時間目は自習になった。
　そしてその日は午前中いっぱいで、生徒たちは帰されることになった。

「全員すみやかに下校するように。明日は休校。明後日の授業については当日の午前6時までに連絡網を回す。連絡事項は以上だ。解散」

HRを手短に切り上げると、担任は教室を出ていった。
　これから職員会議や、警察の捜査が入るのだろう。
　鞄を持って廊下に出ると、掲示物が貼り出された壁に、蓮君が寄りかかっていた。

「……帰ろうか」

　蓮君に手を差しのべられる。
　わたしは、ありがとうの一言も言えなかった。
　何か口にしたら涙まで溢れてしまいそうだったから、唇を引き結んだまま、蓮君の手をとった。

　土砂降りだった雨は、霧雨に変わっていた。
　傘を広げ、蓮君と並んで歩きながら、わたしははじめて口を開いた。

「……何も聞かないの？」
「事実だけなら、担任や友達づてに聞いた。……主観的なことは、えりが話したくなったら話せばいい」
「……うん」

　傘の陰で、わたしがうなずいたときである。

「深澤さん！」

 下校中の生徒たちの波をすり抜けて、櫻居君が、傘もささずに走ってきた。
 立ち止まったわたしたちに追いつくと、櫻居君は、いきなりわたしに頭を下げてきた。

「ごめん。僕、本当になんの役にも立たなかった。お札つくった日、家に帰ってからも色々試してみたんだけど、全然呪いに太刀打ちできなかった。今日もまたこんなことになるなんて——」
「櫻居、その話はまた今度でいいよ」

 蓮君が一瞬わたしを見てから、さえぎるように言った。

「……ごめん。深澤さんだって動揺してるときに、僕……」

 櫻居君は、ますます肩を落としてしまう。
 わたしは自分が持っていた傘を、自分と身長がそんなに変わらない櫻居君に、そっとさしかけた。

「……櫻居君、傘は？」
「あ……学校に置いてきちゃった。あわててたから」
「じゃあこれ使って？　お札のお礼」

143

わたしの傘は、コンビニで売っているようななんの変哲もないビニール傘だから、借りるほうも気が楽だろう。
　でも、櫻居君は受けとらなかった。

「なんで？　僕、お礼なんてされる筋合いないもん」
「でもお札をつくってくれたし、家でも色々試してくれたんでしょう」
「……無駄だったし」
「わたしは無駄じゃなかったと思う。……瞳は死んじゃったけど、お札はその直前まで、絶対に瞳の心の支えになってたもの」

　わたしが櫻居君の目を見て言うと、蓮君も口をひらいた。

「貸してもらえば。深澤は、こういう人だから」
「……そっか。深澤さんは、こういう人だったのか」

　櫻居君は納得したようにうなずくと、「ありがとう、深澤さん」と、微笑んで、わたしの手から傘を受けとった。

「……じゃあ僕、行くね。家こっちだから」

　櫻居君が次の角で曲がってしまうと、わたしと蓮君は、またふ

たりになった。
　自分の傘を手放してしまったわたしは蓮君の傘に入れてもらっていたけれど、ふたりで入るには、少々手狭である。
　雨を完全に避けようと思ったら、よほど密着しなければならなかった。
　だからわたしはだんだんと、蓮君から離れていく。
　くっつきたくないのではなかった。
　近くに寄ったら、乱れた鼓動や頬に宿った微熱が、蓮君に気づかれてしまうのではないかと思ったのだ。
　恋心を自覚してしまったから、わたしにとって、蓮君はもう、ただの幼馴染ではない。
　けれど蓮君にとっては、わたしは特別でもなんでもない、ただの近所に住む幼馴染に過ぎなかった。
　だからこそ、いまの関係が成り立っているともいえた。
　下手に踏み込めば、この関係が壊れてしまうかもしれない。
　わたしはそれが怖くて、……だからこの気持ちを悟られるわけにはいかなかったのだ。

「えり、濡れるよ」
「平気だよ」

　わたしは小さく笑ってから、早く話題を転じてしまおうと、蓮君の顔を見上げた。

「ねえ蓮君、さっき櫻居君に、わたしは『こういう人』だって言ってたでしょ。『こういう人』ってどういう人？」

　蓮君も、わたしを見る。

「自分の痛みをかえりみずに、人に優しくできる人」

　その答えに、わたしはまばたきをして、蓮君を見つめた。
　傘が黒いせいか、蓮君の顔色はいつもと違ってみえた。

「……強い人間っていうのは、本当は自分のことでいっぱいいっぱいでさ、すごく苦しいのに、それでも他人に手をさしのべてやることができる人だと思うんだ。そういう人が、『こういう人』」
「……わたし、強くなんかないよ」
「うん。いつも強くいる必要はない」

　……ふたりでいるときぐらいは、弱くてもいい。

　霧雨の音にさえかき消されてしまいそうな小声で、蓮君はそう、ぽつりと呟いた。

9月12日　金曜日

わたしたちのクラスで次々と起こる不審死は、いよいよ週刊誌やニュースで大きく取り上げられるようになった。
　休校が明けた、その朝。
　校門の前には、いままで見たこともないくらいたくさんの報道関係者が押し寄せていた。

「生徒たちへのインタビューは控えてください！」

　毎朝校門の前に立って、登校してくる生徒たちの服装に目を光らせている生活指導の先生は、今日はマスコミへの対応に忙しそうだった。
　わたしは、校門を抜けエントランスの硝子扉をくぐるとき、できるだけマスコミやカメラマンの人と目を合わせないようにした。
　でもそれがかえって挙動不審に見えたのか、わたしと蓮君のもとに、マイクを持った女性インタビュアーが駆け寄ってきた。

「あの失礼ですが、おふたりは１年７組の生徒さんでいらっしゃいますか？」
「え……、えっと——」
「俺たち、ふたりとも２年です」

　蓮君は、しれっとした顔で、クラスどころか学年まで偽ると、わたしの手を強く引いて女性の前を通り過ぎた。

入校許可がおりないのか、校内に入ると、とたんにマスコミの姿はなくなった。

「びっくりした。マイクなんて初めてむけられたよ」

　わたしがため息まじりにこぼすと、蓮君は目を伏せた。

「……えりは顔に出やすいから、心配だな」
「え？　大丈夫だよ、わたし」
「その自信はどこからくるの」
「うーん……だって、蓮君が一緒だもん」

　つないでいた蓮君の手が、ぴくりと反応した。
　あ、あれ。わたしいま変なこと言った？
　おそるおそる見上げてみたら、蓮君はわたしの顔を、まじまじと眺めていた。

「なっ、なに？　また前髪跳ねてる？」

　わたしは空いたほうの手で、とっさに前髪を押さえた。
　恥ずかしくて、顔が熱くなる。

「跳ねてないよ」

蓮君は首を振って、言った。
　９月とはいえ、まだまだ残暑が厳しいこの季節。
　暑気にあてられたのだろうか。
　透けるように白い蓮君のまぶたが、ほのかに紅くなっていた。

「そっか。じゃあ帰りにアイス買っていこうよ」
「……いいけど、なんでまた唐突に」
「ちょっと身体を冷やしたほうがいいんじゃないかな。だって蓮君、なんか今日顔色がおかしいもん」
「おかしいってなに？　俺は正常だよ」
「でもなんか紅いよ、このへんとか。あ、でもさっきより引いてるような……。一時的なものだったのかな……？」

　わたしが自分の頬やまぶたを触ってみせると、蓮君はまた頬に朱を散らして、顔をそむけてしまった。

「えりは、もっといろんなことを勉強したほうがいいね」

　わたしを７組の教室の前まで送り届けると、蓮君は最後にそんな一言を残して去っていってしまった。
　……どういう意味？
　蓮君の背中を見送りながら途方に暮れていると、うしろから、

ぽんっと肩を叩かれた。

「おはよ、えり」

　不意を突かれて勢いよく振り返ると、長い黒髪をピンクのシュシュでまとめた千鶴が立っていた。

「あ……」

　千鶴が欠席した日を含めれば、３日ぶりの再会だ。
　たった３日。
　けれどあまりにもいろんなことがありすぎて、わたしはずいぶん長いこと親友に会っていなかったような気がしたのだ。

「千鶴ぅ……会いたかったよぉ……」

　わたしは一歩足を踏みだすと、千鶴に抱きついた。
　千鶴の髪からは、甘い花の香りがする。

「ええ？　どうしたの、この子ったら」

　千鶴は呆れたように言いつつも、よしよしとわたしの背中を撫でてくれた。

「わたし、千鶴がいなくて心細かったの」
「うん。聞いたよ、9日のこと。……怖かったね、えり」
「うん……」

　わたしは、素直な気持ちでうなずいた。
　わたしにとって、7組で千鶴ほど大きな存在はないのだと、彼女が欠席してはじめて思い知ったのだ。
　だから、いまだけ。
　いまだけはこうして、千鶴がわたしのそばにいることを、ぬくもりで感じていたかった。

　朝のHRがはじまるまでには、まだ時間がある。
　窓際の席で、わたしと千鶴がこの3日間の出来事などを話していると、そこにふっと影がさした。
　わたしたちは会話を中断して、長身のその人物を見上げた。

「森崎、ちょっといい？」

　能登海斗だった。
　わたしには目もくれず、ただ千鶴の顔を見つめている。
　獲物を前にした、肉食動物のような目をしていた。

わたしは、一瞬でいやな気分になった。

「……なに？」

　千鶴の反応も、そっけないものだった。
　海斗をこころよく思っていないのは、千鶴も同じ。
　わたしはそのことにひそかにほっとしながら、海斗の次の言葉を待った。

「ふたりで話したいことがあるから、来て」

　どう見たって千鶴にいやがられているのに、そんなことすこしも気にした様子もなく、海斗は言った。
　わたしは二枚貝みたいに口をとざしてふたりのやりとりを見守っていたが、内心は穏やかではなかった。
　この空気は、明らかに告白では……。
　勘がにぶいことで有名なわたしでさえぴんときたのだから、千鶴はなおのことだろう。
　警戒心もあらわに、千鶴は言った。

「やだよ。もうHRはじまるし」
「あと10分もあるだろ」

海斗は食い下がってきた。
　千鶴は厳しい顔つきでなにか考えてから、席を立った。

「ち、千鶴？」

　動揺を隠せないわたしに、千鶴は口早に言った。

「ごめん。ちょっと行くね」

　千鶴は携帯をいじりながら、海斗のあとについて教室を出ていってしまった。
　どうしよう。どうしよう。
　こういうとき、どうしたらいいんだろう。
　大事な千鶴を、あいつとふたりきりにしていいんだろうか。
　乃愛が死んでまもないけれど、海斗はたぶん、もう千鶴にのりかえている。
　あいつはそういう男だ。
　人としての良心がどこか欠落している。
　相川や佐野の悲惨な最期を見届けたときだって涙一滴こぼさなかったし、140字の死亡宣告がタイムラインに出たときだって、全く動じていなかった。

　そこまで考えてから、わたしはふと、気がついた。

……そういえば、あれから今日で丸３日が経つのに、海斗は死んでいない。
　リライトすれば３日以内に死ぬ確率は50パーセント。
　リライトしなければ、100パーセント死ぬ。
　海斗は３日以内にリライトすることが不可能だったにもかかわらず、今日、生きて学校に来られた。
　——海斗の言ったとおり、一連の変死事件は単なる恐ろしい偶然で、呪いなんてはじめからなかった？

　ヴーッ。
　ヴーッ。
　ヴーッ。

　机の上に置いておいた携帯が急に鳴りだして、わたしは心臓がとまるかと思った。
　千鶴からのメールだ。

『えり、なんか能登のやつ殺気立ってない？　怖いよ〜　お願いこっそりついてきて！　西階段の踊り場です泣』

　——あ。
　さっき千鶴が携帯をいじってたとき、たぶんこのメールを打ってたんだ。

わたしは、実はちょっとだけ、万が一、千鶴のほうも海斗に気があったらどうしようかと懸念していたのだ。
　その可能性が消えたことに、わたしはそっと胸をなでおろす。
　でも、安心している場合ではない。
　わたしは携帯を握りしめると、西階段に向かった。

　わたしが足音を忍ばせて西階段の踊り場に着いたとき、ふたりの会話はすでにはじまっていた。

「言うなら今しかないなと思って」
「……なに？」
「わかってんだろ」

　わたしは死角になった場所の壁に身を寄せて、注意深くふたりの声に耳をかたむけた。

「俺、お前が好きなんだよ」

　情けないことに、わたしは自分の予想が的中したにもかかわらず、それを聞いたとたんに動揺してしまった。
　けれど、千鶴の態度は相変わらず。
　さきほどからすこしもぶれていなかった。

「は、意味わかんない。てか能登君、ちょっと前まで乃愛と付き合ってたじゃん」
「……親に言われてしょうがなく付き合ってたんだよ」
「親に言われてって……、何時代の話してるの？」
「あいつの父親は、うちの親の取引先の重役だったんだ。そんなときにあいつが勝手に俺のこと気に入って近づいてきて、そしたら俺の親も俺に圧力かけはじめて——」

　だからしかたなく……、と言葉を濁してから、海斗はきっぱりと言い放った。

「でも俺が本当に好きだったのは森崎だった」
「え、ちょっと……っ、放してよ！」

　千鶴のもがく声がする。
　わたしは血の気が引いて、物陰から現場に目をやった。
　千鶴が海斗に抱きしめられていた。

「いやだ。こんなときに言うことじゃねえかもしんないけど、こんなときだから言わなきゃいけないとも思った。俺、森崎のこと守りたいんだよ……！」

海斗はさも切実そうに言うと、引き寄せた千鶴の髪に顔をうずめた。

「ちづ──」

　千鶴を助けなければと、わたしが出ていくまでもなく。

「……なにが『守りたい』だよ！」

　千鶴が渾身(こんしん)の力で、海斗の身体を突き飛ばした。

「あんたにだれかを守りたいなんて言う資格ない。親の命令なんかわたしの知ったことじゃないよ。乃愛たちと一緒に面白がって四辻さんをいじめてたくせに！　ライターの呪いは、そもそもあんたのせいなんだから！」
「お前までそんなくだらない話、真に受けてんのかよ！　呪いなんかあるわけねえだろ！」
「そう思いたいだけでしょ、あんたは」

　千鶴は鼻で笑うと、海斗に侮蔑(ぶべつ)のまなざしを向けた。

「あんただって実際タイムラインにあの書き込み(ライト)が出たら、即行(そっこう)でリライトするよ」

「……してねえし」
「え？」

『しない』ではなく、『してない』と海斗は言った。
　千鶴はそれが引っかかったようだった。
　ああ……そうか。
　千鶴は海斗が死亡宣告を受けたことを、まだ知らなかったのだ。

「まさか──」

　千鶴が息を呑むと、海斗は自分の携帯を、千鶴の目の前に突きつけた。
　千鶴の瞳にはいま、海斗のタイムラインに表示された佐野のリライトと、不気味な日本人形の画像が映っていることだろう。
　千鶴の顔は、見る間に蒼褪めていった。

「わかった。お前が呪いを怖がるっていうなら、お前のために、これが呪いなんかじゃないってこと俺が証明してやる。こんなのはただの集団ヒステリーだ」

　海斗が携帯を掲げていた手をおろすと、千鶴は唇を震わせた。

「……どうやって証明するっていうの？」

「俺のタイムラインにこのリライトが出たのは、3日前。2時間目と3時間目のあいだの休み時間だった。つまり今日の同じ時間で、ちょうど3日が経つ。俺がその間に死ななかったら、呪いなんかないってこと」

　海斗は自信ありげに言うと、踵を返した。
　まずい、こちらに向かってくる。
　わたしは近くにあった掃除用具入れに、慌てて身を隠した。
　わたしに気づかずに海斗が行ってしまうと、わたしはため息をついて、外に出た。
　千鶴はまだ踊り場で茫然と突っ立っていた。

「千鶴」

　そばで声をかけたら、千鶴はようやく気がついたようにわたしを見た。
　わたしは慎重に言葉を選びながら、言った。

「ええと……なんていうか……結構マジだったね。能登」
「あいつ、絶対神経どうかしてる」

　泣きそうな声で、千鶴が言った。
　予鈴が鳴る。

わたしたちはどちらからともなく、歩き出した。

確かに海斗は、どうかしていると思う。
……でも。

「もしかしたら能登も心のどこかでは、万にひとつくらいなら、死ぬかもしれないって思ってるのかも」

わたしが思いついたことを言うと、千鶴は首をかしげた。

「そんなふうに見えた？」
「見えないけど、もしそうだったら、このタイミングであいつが千鶴に告白したのもわかる気がするんだ。どうせ死ぬなら、好きな人に思いを伝えてから死にたいってね」

千鶴が妙な顔をしたので、わたしは急いで言い添えた。

「あ、いや、ごめん。だからあいつに優しくしてあげなよとか、そういうこと言ってるんじゃないよ？　能登が好きになったのは、いまのままの冷酷な千鶴だし」
「冷酷って。えり、さりげなく、超失礼なんだけど」

わたしは千鶴におでこを弾かれて、「うぅ」とうめいた。

千鶴はフンと鼻を鳴らしたあとで、急にまじめな顔つきになって言った。

「……ねえ、えり」
「うん？」
「えりは、呪いを信じる？」
「正直、まだよくわからない……」
「そんなもんだよね」

　千鶴が弱々しく笑うと、わたしは、口をひらいた。

「千鶴は信じてる？」

　海斗との会話を聞いた限りでは、千鶴は一連の出来事を呪いだと信じている様子だった。
　7組の教室のドアに手をかけようとしていた千鶴は、ふと動きを止めると、暗い声で呟いた。

「だって呪いじゃなかったら、なんでわたしたち、こんなことになってんの？」

　……わたしは、なんとも、答えられなかった。

気が張っているせいか、今日は、１時間が経つのがやたらと遅く感じられる。
　２時間目の授業が終わるころには、わたしはもはや疲れきっていた。
　ようやく、３時間目になる。
　理科係の雑用を終えてわたしが理科室に入ったときには、すでに７組のほとんどの顔ぶれが揃っていた。
　教壇の上に教材を置いて、わたしは自分の席につく。

　理科室には４〜５人が向かいあって座れる大きな黒い机が６つあった。
　班ごとに分かれているのだ。
　理科の授業の座席は出席番号順なので、わたしと千鶴はおなじ班である。
　でも、背もたれのないその椅子に腰かけても、隣の席の千鶴は無言だった。
　千鶴だけじゃない。
　みんな、硬い表情で黙り込んでいた。
　無理もない。
　わたしは教壇の上の壁掛け時計を見た。

　時計の針は、10時52分を示していた。

３時間目の授業がはじまるのは、10時55分から。
　休み時間はあと３分で終わる。
　そして……。

　——この書き込みがTLに表示されたあなたは、必ず３日以内に死亡します。ただしこれをRWすれば、あなたが死ぬ確率は半分になります。

　あれの予告通りになってしまうなら、リライトしなかった海斗の命も、あと３分以内に尽きるのである。

　あからさまに見るようなことはしなかったけれど、いま、この場にいるだれもが海斗を視界にとどめていた。
　海斗はといえば。
　さすがに余裕綽々というわけにはいかない様子だったが、そこに緊張は感じられなかった。
　海斗は呪いなんてないと確信している。
　ある意味、強いのだろうと思った。

　カチ、カチ、カチ。

　静まりかえった教室のなかで、時計の秒針の音だけが、やけに鋭く響いていた。

ドクン、ドクン、ドクン。

　自分の心臓の音と、時計の針の音が、ぴたりとかさなって聞こえる。

　あと1分……
　あと55秒……
　あと40秒……
　タイムリミットが近づくにつれて、わたしはだんだんと、息苦しさを覚えてきた。

　カチ、カチ、カチ。

　みんなの注意は、いつしか、海斗から時計のほうへと払われていた。
　あと20秒……
　あと10、9、8、7、6、5、4、3、2、1、
　カチッ。

　秒針が、12を指し示した。

　……カチ、

カチ、カチ、カチ。

なにも、起こらなかった。
何事もなく、時間が過ぎていった。
それでも、1分くらいのあいだは、だれも声を発さなかった。
けれど秒針がさらに2周する頃には、教室に張りつめていた緊張は、ゆるみだしていた。

「……ほらな？」

静寂(せいじゃく)を打ち破ったのは、笑みを含んだ海斗の声だった。
わたしたちは時計から視線をはずし、海斗を見る。
海斗は頭のうしろで両手を組むと、勝ち誇ったように唇の端を上げた。

「言っただろ？　呪いなんかねぇって」

いまは文明社会なんだよ、文明社会。

たぶん、普通教室にいるときの癖なんだろう。
海斗は得意げに言いながら、椅子の背もたれに体重をあずけた。
理科室の椅子には、背もたれなんてないのに。

経験がある人もいると思うけど、たとえば階段をおりていて、あと１段あると思ったらなかったとき。
　わたしたちは足を踏みはずして、転びそうになる。
　それとおなじことが、海斗の身にも起きた。

「ん？　おッ!?」

　背もたれに寄りかかったつもりがそこにはなにもなくて、海斗は後方へとバランスを崩した。
　海斗の後ろは、色々な瓶が並ぶ薬品棚だった。
　海斗はそこへ、頭から突っ込んでいった。
　プラスチック製のボトルが、ぐらりとかたむいた。

　バシャッ

　無臭の液体が、真下にいた海斗の頭に、まるでシャワーのように降りかかった。
　海斗は驚いたように目を見ひらいたかと思うと、

「ぎいぃぃぃぃぃぃやあああああああああああああああああああつい熱い熱い熱い熱い熱いぃぃぃぃぃ！！」

　断末魔の声をあげた。

167

「ほおぉぉぉぉぉぉおおおぉぉぉぉおおおぉ」

　両手で顔を押さえて、ごろごろと床を転げまわる。
　予想だにしなかった展開に、わたしたちの思考は、完全に停止した。
　海斗に振りかかった液体のボトルが、ころころと乾いた音を立てながら、わたしの足もとに転がってきた。
　わたしは、青いラベルに書かれた文字を読んだ。

『水酸化ナトリウム（希釈していないもの）』

　人体を構成するたんぱく質を溶かしてしまう劇薬だった。
　海斗は、それを全身に浴びたのだ。
　海斗は顔を押さえたままごろごろと転がったり、バッタみたいにぴょんぴょん飛び跳ねたりしていた。
　わたしたちは、見ていることしかできなかった。
　どうしてやることも、できなかった。
　やがて海斗は突然、動かなくなった。
　微動だにしなくなってからも、海斗の両手は顔を覆ったままだった。
　鼻も口も塞がれている。
　このままでは窒息してしまうとでも思ったのだろうか。

海斗の隣の席だった西野君が立ち上がって、ゆっくりと海斗の横に屈みこんだ。

「おい能登。能登——」

　西野君は硬質な声で呼びかけながら、海斗の手首を掴んだ。
　そのまま海斗の手のひらを、顔から引きはがしたら、

　ベリッ。

　溶けて手のひらと融合してしまった顔面が、シールみたいに剥がれた。

　目がなくなっている。
　唇も消えた。
　鼻は骨だけ残った。

　海斗は一瞬のうちに、のっぺらぼうになった。

「ひっ、ひいいいいぃぃぃ！」

　西野君は悲鳴をあげて、腰を抜かした。

キーンコーンカーンコーン

悲鳴に、のんびりとしたチャイムの音が重なった。
始業を告げるチャイムだった。
携帯に表示されたデジタル時計を確認すると、

10：55

理科室の時計は実際の時刻よりも進んでいたらしい。
だったら、海斗はやっぱり、ライターの死亡宣告の通りに死んだのだ。

先生を、呼びに行かなきゃいけない。
頭ではわかっていた。
でもわたしは、それどころじゃなかった。
周りで、みんながいっせいに携帯を取り出す気配を感じながら、わたしもライターをひらいていた。
ありませんように、ありませんように、ありませんように。
どうか、わたしのところには、ありませんように。
祈るような思いでタイムラインを見る。
わたしは、深い深いため息をついた。

ああ、よかったぁ……。

わたしのタイムラインには、出ていなかった。
　わたしは思わず、うすく笑ってから。
　ようやく、気がついたのだった。
　真横に座った千鶴が、おなじく自分の携帯を見つめたまま、ガタガタと震えていることに。

「千鶴……？」

　わたしは千鶴の視線の先をたどって、千鶴の携帯の画面を見た。
　タイムラインのいちばん上には、日本人形の写真が出ていた。
　そして、

能登海斗さんがリライト
美紗@misa_564219・9月3日
【拡散死亡】森崎千鶴様。この書き込みがTLに表示されたあなたは、必ず3日以内に死亡します。ただしこれをRWすれば、あなたが死ぬ確率は半分になります。また、あなたが死ぬ前に、この書き込みによる死者が108人に達した場合は、あなたは死を免(まぬが)れます。あと102人
pic.writer.com/……

……なんで?

わたしの頭の中は疑問符で埋め尽くされた。
海斗はリライトしなかった。
だったらそこで、呪いはとめられたんじゃないの?
わたしたちが硬直しているうちに、

『1件の新着ライトを表示』
という一文が出た。

千鶴はほとんど放心状態で、画面をタップしていた。
にゅう、
と、新しい書き込み(ライト)が現れた。

美紗@misa_564219・1秒
※通常、RWされた死亡宣告は、RWした当人の死後、もっとも親しかったフォロワーのもとに表示されます。ただしあなたの前の方がRWしなかった場合、死亡宣告は前の方が最期に思い浮かべたフォロワーのもとに表示されます。

「……千鶴……」

『リライトしなよ』

　そう言ってあげたかったのに、呼吸がのどにからまってしまったように、わたしは声が出なくなった。
　だって、この追記のとおりなら。
　次に死亡宣告を受けるのは、間違いなくわたしだったから。
　怖い。
　死にたくない。
　まだ死にたくないよ。

　わたしは、両手で顔を覆った。

　……でも、そのときわたしの耳の奥に。
　とても大切な人の言葉が、よみがえった。

　——強い人間っていうのは。
　本当は自分のことでいっぱいいっぱいでさ、すごく苦しいのに、それでも他人に手をさしのべてやることができる人だと思うんだ。
　……そういう人が、『こういう人』。

　四辻さんを助けられなかったみたいに。

わたしはまた自分の弱さに負けて、後悔するの……？

　まぶたから、そっと手を離す。
　気がつくと、わたしの心は、とても凪いでいた。
　そのまま携帯を握りしめた千鶴の手に触れて、囁く。

「リライトしなよ」

　今度はちゃんと、声になった。

「わたしがなんとかしてあげる。呪いはきっと、わたしのところでとめてみせるから。……死なないで、千鶴」

　力が抜け落ちてしまった千鶴の手を、わたしは震える指でそっと掴んだ。
　虚脱状態にある千鶴を操って、リライトするのは、難しいことではなかった。

9月13日　土曜日

わたしと千鶴はHRが終わると、カフェテリアに急いだ。
　今日は午前授業なので、カフェテリアは空いている。
　窓際の席に、蓮君と櫻居君が座っていた。
　わたしたちに気がつくと、櫻居君が軽く手を上げた。

「深澤さん、森崎さん、こっち」

　わたしと千鶴は、彼らのほうに歩いていく。
　三人寄れば文殊の知恵、という。
　わたしたちは昨日の昼休みから、呪いを回避する方法について、真剣な話し合いをはじめていた。
　わたしは千鶴に強引にリライトさせたけれど、それで絶対に千鶴が助かるというわけではない。
　あくまでも、3日以内に死ぬ確率を半分にしただけ。
　だから、一刻も早く対策を立てなければならなかった。
　櫻居君を除き、みんな、もとはオカルトなんか信じない派の人たちばかり。
　でも140字の死亡宣告で何人も死んでいるのだから、状況はすっかり変わっていた。
　合流したところで、わたしはさっそく切り出した。

「えっと、まず、そもそも『美紗』って誰っていう話だけど……美紗について何か情報つかめた人いる？」

その場が、静まりかえってしまった。
　千鶴が細いため息をつく。

「やっぱり、『美紗』って名前から誰かを割りだすのは難しいのかなぁ。SNSってただでさえ匿名性が高いし、なんでか『美紗』のアカウントには移動できないし……」
「美紗……美紗……」

　ぶつぶつと呟いていた櫻居君が、気がついたように言った。

「そういえば、四辻さんの名前、なんていうの？」
「四辻美紅だよ」
「なんだぁ……似てるけど、美紗じゃないのかぁ……」
「でも、似てるよね」

　蓮君が、ぼそりと言った。

「四辻さんって、姉妹とかいないの」
「あ、そうか。兄弟とか姉妹って、名前に共通点があったりするよね。わたしの妹も、ひらがなで『くるみ』だし」
「てことは……」

思案するように、千鶴が言う。

「美紗っていうのは、四辻さんの姉妹？」
「調べてみる価値はあるかも」
「……どうやって調べるの」
「えーと、四辻さんと同中の人に聞き込みとか……」
「まず同中の人が誰だかわかんなくない？」
「確かに……」
「先生に訊いたらいいと思う。家族構成ぐらい、知ってるんじゃないかな」

　櫻居君の提案は単純だけど、確実な手段だった。

「問題は、個人情報を教えてくれるかどうかだよね」

　担任の瀧島は、教えてくれない気がする。
　頭を抱えたわたしの横で、蓮君が無表情に言った。

「盗めばいいよ」
「え、……えっ？」
「よっぽどのことがない限り、生徒の個人情報を校外に持ち出す教師はいないと思う。だからきっと、職員室の引き出しに書類が入ってると思うよ。最近出した書類で、家族構成の記入欄があっ

たのは、進路指導票かな」
「じゃ、じゃあ最終手段はそれで！」

　わたしは蓮君に賛成した。
　もちろん担任の引き出しを勝手に漁るのには抵抗があるけれど、命に関わることなのだから、怖気（おじけ）づいてちゃいけない。
　ひとりで意気込むわたしに、蓮君は言った。

「……まあ多分、訊けば普通に教えてくれると思うけどね」

　櫻居君が、こくん、とうなずいた。

「瀧島はバカはきらいだけど、頭がいい生徒のことは贔屓（ひいき）するから、僕と葛西だけで訊きにいったらいいと思う」

　なんだろう、遠まわしにバカって言われた気がする。
　でも怒ってる場合ではなかったので、わたしと千鶴は、美紗に関する情報収集を、蓮君たちに任せることにした。

　さっそく職員室に行った蓮君と櫻居君を待つあいだに、わたしと千鶴はお昼にすることにした。
　つめたいミルクティーに、ママが作ってくれたたまごサンドを頬張っていると、千鶴が呟いた。

179

「……えり、ごめんね」
「どうしたの、急に」
「わたしのせいで、こんなことになっちゃって。わたしが死んだら、次にリライトがまわってくるのは、えりじゃん」
「もう、縁起悪いこと言わないの!」

　わたしは、ぴしゃりと言った。

「だいたい千鶴にむりやりリライトさせたのはわたしでしょ? わたしは、リライトが次にわたしのところに来るってちゃんとわかってて、千鶴にリライトさせたんだよ」
「えりってバカ。死ぬかもしれないのに、本当にバカ。わたしなんかのために命張るなんて、バカすぎるよ」
「じゃあ千鶴もバカだね。先に命張ってくれたのは、千鶴のほうだもん」
「そんなおぼえ、ないよ」
「忘れちゃったの?　まだ10日ぐらいしか経ってないのに」

　わたしは、小さく笑った。

「わたしがキレて、乃愛たちに刃向かったときさ。わたしがもう友達やめていいよって千鶴に言ったら、千鶴、やめるわけないよ

って、わたしのそういうところが好きなんだって言ってくれたでしょ？　あれね、わたし、実はけっこう嬉しかったんだ。嬉しくて、千鶴のこと、もっと好きになったの」
「あれは、……だってあたりまえじゃん。友達なんだから」
「でしょ？　それと一緒だよ。わたしも千鶴が大事な友達だから、リライトさせちゃったの」
「えり」

　千鶴が、わたしを見つめた。
　黒い瞳は、濡れたように光っていた。

「えりは、絶対に生き延びて。わたしが死んでも死ななくても。えりは絶対に死んじゃだめだから」
「だめ。ふたりで生き延びるの」

　わたしが首を振ると、千鶴は、「本当に、そういうところ頑固だよね」と笑った。

「わかった。ふたりで長生きしよう」
「そうそう、100歳まで生きなきゃ。約束だからね」

　わたしたちは、顔を見合わせて笑った。
　来週の今ごろ、わたしたちのどちらかは、あるいは両方とも、

もうこの世にはいないかもしれない。
　わたしたちは死の淵に立たされているも同然だった。
　けれどふしぎなくらい穏やかな気持ちで、わたしたちは、言葉を交わしていた。

　わたしたちは昼食を終えると、今度は美紗の書き込みに添付された人形の写真を眺めた。
　泥まみれで眼球がない日本人形の写真は、やっぱりいつ見ても気味が悪いけれど、こういうところにも何か呪いを解く鍵が隠れているかもしれないので、我慢する。
　だけど撮影された場所を特定しようにも、薄暗いし、特徴的な建物が映っているわけでもないので、わたしたちは完全にお手上げ状態だった。

　そこへ、蓮君と櫻居君が戻ってきた。

「蓮君、櫻居君、おかえり。瀧島から何か聞けた？」
「うん」

　蓮君はわたしの隣に、櫻居君は千鶴の隣に座ると、瀧島から聞き出したことを話しはじめた。
　まずわたしたちの推理は、見事にあたったらしい。

「四辻美紗は、四辻美紅のふたごの妹だった。心臓に難病があって、この春から手術のために渡米していたんだ。無事に手術を終えて、帰国したのが今月１日」
「１日って……」
「そう、姉の美紅が飛び降りた日。美紗が病院に駆けつけたとき、美紅はすでに危篤の状態だったと思う。その２日後に、美紅は死んだ。美紗はそのショックで倒れて、今は都内の病院に入院してるらしいよ」
「四辻さんのお父さんやお母さんについては、何か？」
「両親は、姉妹が９歳のときに飛行機事故で亡くなってる。祖父母もすでになく、美紅と美紗は中学の３年まで親族の家を転々としていたらしいけど、高校入学と同時に、両親の遺産で、姉妹が二人で暮らすための家を借りたみたいだね」

　わたしは驚いた。四辻さんにふたごの妹がいたことにも、その大変な生い立ちにも。

「美紗さんが入院している病院って、わかる？」

　わたしが訊くと、蓮君はうなずいた。

「わかるよ。Ｊ病院。ここからだと電車１本だね」
「Ｊ病院か……。ねえ、今から行ってみない？」

183

わたしは言った。

「アポなしだけど、ダメ元で。わたしたちには時間がないもの。何でもいいから呪いを解く方法を探さなきゃ」
「うん。俺と櫻居は、そのつもりだったよ」
「よかった。千鶴は？」
「自分のことだもん、行くに決まってるじゃん！」
「よし。……じゃあ、行こう」

　わたしは、千鶴と手をつないだ。
　ちゃんと、温かい。
　大丈夫、わたしたちは、まだ生きてる。
　わたしは繰り返しそう念じながら、目的地へと向かった。

　J病院は、学校から電車で30分程度の街にある総合病院だ。
　わたしたちは受付に行くと、面会手続きをした。
　続柄の欄には、何食わぬ顔をして、『友人』と記入する。
　わたしたちは学生服を着ていたせいか、少しも疑われることなく面会バッチを借りることができた。
　美紗の病室は、606号室。

わたしたちはエレベーターに乗った。

「……なんか、怖いくらい順調だね」

　バッチのクリップを鞄に挟みながら、千鶴が呟いた。

「順調なのはいいことだよ。幸先いいんだって」
「うん、深澤さんの言う通りだよ。幸先がいいのは、つまり、縁起がいいってこと」
「ほら、櫻居君もこう言ってることだし」
「……だよね。わたし、だめだなぁ。なんかちょっと、ネガティブになっちゃってる」

　千鶴は、弱々しく笑う。
　わたしは、千鶴の手をぎゅっと握った。

「だめだよ、千鶴。気を強く持たなくちゃ」

　病は気からってことわざがあるくらいだ。
　そうしているうちに、エレベーターがとまった。
　わたしと千鶴は蓮君たちに続いて、6階で降りた。

606　四辻美紗

わたしたちは、そんな掛け札がかかった白い扉の前に立つと、深呼吸してからノックをした。
　するとすぐに、「どうぞー」という返事があった。
　四辻さんの声はくぐもって聞きとりにくかったけれど、妹の美紗という子の声は、高く澄んでいた。
　わたしたちは、病室のドアを開けた。
　病室の中は、ことごとく白かった。
　真っ白な壁。
　真っ白なカーテン。
　そして真っ白なベッドの上には、同い年くらいの女の子が、布団から上半身を起こした状態で座っていた。
　わたしは、思わず目をみはった。
　今までテレビでも見たことないくらい、綺麗な子だったからだ。
　青みがかった白い肌は滑らかで、透けるようだ。
　ふっさりとした睫毛に、黒目がちな大きな瞳。
　真っ直ぐな黒髪はさらさらで、流れるように、肩や腰のあたりにかかっていた。
　体型も病的というよりは、モデルのように、華奢だった。
　女の子らしい部屋着の袖から伸びた腕は、しなやかな柳のようで、色気さえ感じられる。
　その腕には、大切そうに、日本人形を抱いていた。
　人形を見たとたん、わたしは、「あ」と思った。

目玉はえぐりとられていないし、着物も髪の毛も新品のように綺麗だけれど、まぎれもなく、ライターにアップロードされていたのと同じ形の人形だったのだ。
　わたしははやる気持ちをおさえて、ともかくも、訊いた。

「四辻……美紗、さん？」

　すると少女は、愛想よくうなずいた。

「そうだよ。美紅ちゃんと全然似てないから、びっくりした？　こういうの、二卵性双生児っていうんだって」

　不自然なくらい明るい口調で、美紗は、言った。
　可愛いのに。笑っているのに。
　わたしは美紗に薄気味悪さを覚えた。

「あの、わたしたちは……」

　自己紹介をしようとすると、美紗はそれをさえぎって、得意げに口にした。

「知ってるよ。あなたは、深澤えりか。でも、親しい人はみんなあなたをえりって呼ぶんだよね」

わたしはすぐには返事ができなかった。
　美紗はわたしだけじゃなく、次々と名前を言い当てていく。

「森崎千鶴、葛西蓮、櫻居中」

　考えていることは、たぶんみんな、一緒だった。
　なんで名前、知ってるんだろう。
　受付の人から伝達があったのだろうか……。
　底知れない美紗の目が、急にわたしに向けられる。
　驚いて立ち竦んでいたら、美紗は、わたしが考えていることを、見通したかのように告げた。

「わかるんだよ。わたしには、何もかもね」

　ふふ、と、美紗は笑う。

「今日あたり、来るんじゃないかなって思ってたんだ。あなたたち、わたしに訊きたいことがあるんでしょう？」

　得体の知れない空気をまとった美紗に、わたしたちは完全に圧倒されてしまった。
　でも蓮君と櫻居君は、それほど動じてはいない様子だった。

櫻居君なんて、こんなときに携帯いじってるし……。
　さすがに、マイペースにも程があるんじゃないかと思った。
　蓮君は千鶴の手から携帯をとると、その画面を美紗に見せた。

「これに、心あたりがあるんじゃないかと思って」

　美紗は千鶴のタイムラインをまじまじと覗きこんでから、にこやかに言った。

「あるよ。だってこの呪いを作ったのはわたしだもん」

　呪い。
　やっぱり呪いなんだ。
　わかっていたはずなのに、美紗本人からこうもあっさり肯定されると、わたしは怖気立つような思いがした。
　呪いの話に通じているのは、この中では櫻居君しかいない。
　わたしは櫻居君をちらりと見て、いよいよ呆れた。
　まだ携帯でなんかやってる。
　わたしの非難がましい視線に気がついたのか、櫻居君は、ようやく顔を上げた。
　話を聞いてなかったように見えたけれど、一応は、ちゃんと耳を傾けていたらしい。
　櫻居君は、美紗に言った。

「7組の人たちを呪ったのは、亡くなったお姉さんじゃなくて、生きてるあなたのほうだったんだね」
「美紅ちゃんは呪ったりしないよ。美紅ちゃんは、誰も恨まないし、呪わない。そういう優しい子だもん」

　美紗は、誇らしげに姉のことを語っていた。
　けれどふと真顔になると、こっちを見た。

「殺されちゃったけどね。あなたたちに」

　わたしと千鶴は、凍りついた。
　美紗はまた、にこにこと笑いだす。

「……なーんてね」

　どうしよう、なんか怖い。この子。
　明るいように見えるけど、ものすごく深い闇を感じる。

「アメリカの病院で、イギリス人の女の子と病室が一緒だったんだけどさ」

　美紗はいきなりそんな話をはじめると、ベッドに座ったまま、

傍のテーブルに紙コップを五つ並べた。

「さすがイギリス人っていうか。紅茶の淹れ方には自信があるっていうから、教えてもらったの。よかったら飲んでいってね」

　湯気の立つティーポットから、コップにひとつひとつ、紅茶が注がれていく。
　アールグレイの良い香りがした。
　美紗は「どうぞ」と言ったあとで、付け加えた。

「あ、毒なんか入れてないよ？」

　そう言われると、かえって気味悪く思えてくる。
　だけど、せっかく淹れてくれたのだし……。
　何が何でも飲まないのも悪いと思って、わたしたちは「いただきます」と口々に言いながら、コップを手にとった。
　美紗は最後に余ったコップを両手で持つと、ゆっくりと一口飲んだ。
　そうして、またにっこりと笑う。

「ほらね、大丈夫。わたしは呪いで人を殺せるんだから、毒なんてわざわざ使わないよ」

ここまで言われたら、ちょっと飲まないわけにはいかなかった。
　毒なんて現実的じゃないし、わたしは毒が入ってるとは思わなかったけれど、ただ、気持ち悪かったのだ。
　でも機嫌を損ねたら有益な情報も得られなくなるんじゃないかと思い、わたしは息をとめて、コップに口をつけた。
　美紗は穏やかな目をしてわたしたちの姿を眺めながら、口をひらいた。

「……可愛い制服。わたしもね、2学期からあなたたちと同じ、桜仙学院に通うことになってたんだ。……アメリカにいるあいだ美紅ちゃんがいなくて寂しくて、美紅ちゃんと一緒に登下校したり、お弁当を食べたりするのをすごく楽しみにしてた。友達なんかいらないよ？　美紅ちゃんさえいれば、わたしにはそれでじゅうぶんだもん」

　やっぱりこの子、ちょっと変だ。

「美紅ちゃんは優しい子だったよ。親に代わって、身体が弱いわたしの面倒をよくみてくれた。その代わり、わたしは美紅ちゃんを守ってあげたよ。小学生のときも、中学生のときも、いじめっ子から美紅ちゃんを守るのは、いつもわたしの役目だった。美紅ちゃんをいじめる奴はみんな、みぃんな、この世から消しちゃった」

手放しに同情してあげられない理由が、わかった。
　言ってることが、ことごとくおかしいのだ。
　美紅ちゃんがいれば、友達なんかいらないとか。
　美紅ちゃんをいじめる奴は、消しちゃっただとか。

「……呪い殺したの？」

　櫻居君が訊くと、美紗は、ふっと瞳を細めた。

「中君。力があるのにそれを使わないのは、宝の持ち腐れだよ。わたしは自分に霊感があると知った幼少期から、本を読みあさって、人を呪うすべを学んできたの。資料を探すのはそれほど大変じゃなかったよ。人の歴史は呪いの歴史だもん。人はいつも誰かを呪っているから、世界には、呪いにまつわるたくさんの文献が存在するんだ」

　美紗は、人形に視線を落とした。

「本当はね、美紅ちゃんをいじめた奴らをもっとむごたらしいやり方で呪殺してやりたかったんだけど、美紅ちゃんが死んだことは、さすがのわたしも身にこたえてね。情けないけどわたし、お通夜が終わるとすぐに倒れちゃったんだ。こんなありさまだった

から、入院しながらでもできる呪いは何かないかなって考えたの。それで思いついたのが、拡散死亡だったってわけ。呪いが勝手に拡散していけば、わたしがひとりひとりに手を下す手間は省けるでしょう？」

　同意を求められても、うなずきようがなかった。
　だけど美紗はそんなこと、ちっとも気にしなかった。
　静かな病室で、美紗はひとりでしゃべり続ける。

「機械を使った呪いははじめてだったけど、思ったより効果があって満足したよ。怨念が籠もったお人形と、セットにしたのがよかったのかな？」
「……書き込みに載せたのは、その人形の写真？」

　蓮君が訊くと、美紗は小さく首を振った。

「ううん。あれは、このお人形のお姉ちゃんだよ。ふたご人形なの。アメリカの病院に入院してるあいだは、わたしが美紅ちゃんを守ってあげることはできないから、美紅ちゃんの天児として、美紅ちゃんに渡しておいたんだ」
「あまがつ……？」

　聞き慣れない単語である。

櫻居君が、補足してくれた。

「身代わり人形だよ。持ち主の代わりに、傷つくんだ」
「わぁ、中君はさすが物知りだね！」

　明るい声で賛辞を送ったのは、美紗だ。

「でも、ただの身代わり人形じゃないよ。美紅ちゃんが学校で受けた、心の傷も引き受けるっていう風にしたの。そしたら、あっという間にぼろぼろになっちゃった！　それだけ美紅ちゃんがいっぱい傷ついてたってことだよね」

　美紗はおかしそうに話しているが、目は、ちっとも笑っていなかった。

「だけどさすがに、『死』までは身代わりになれなかったみたい。お人形は、あんなぼろぼろになってまで美紅ちゃんの代わりになろうとしてくれたけど、美紅ちゃんはあっけなく死んじゃった」
「身代わり人形は」

　櫻居君が、訊いた。

「そのあとどうしたの？」

美紗は、相変わらずにこにこしながら答える。

「修理中だよ。本当は、美紅ちゃんと一緒に焼いてあげたかったけど、陰陽(いんよう)はどっちも欠けちゃいけないからね」
「……いんよう？」

　わたしと千鶴が困ったように視線を交わすと、美紗は自分の口にぱっと手をあてた。

「……あ、ちょっと喋(しゃべ)り過ぎちゃったかな。でも、あなたたちは呪いを解く方法が知りたくて、ここまで来てくれたんだもんね。これくらいは教えてあげなきゃ、フェアじゃないよね」

　喋り過ぎたと言われたところで、わたしは美紗の話の半分も理解できていなかった。
　『いんよう』がどうとかも、全然ヒントになっていない。
　だからといって、悠長に呪いに関する勉強をしている時間もなかったのだ。
　わたしにできる方法で、呪いを無効にできないだろうか。
　わたしはさんざん考えたけれど、思いつかなかった。
　だからわたしは、率直に言った。

「美紗さん、お願い。呪いを解いて」

　美紗はわたしの目を、淵みたいに暗い瞳でじっと覗きこんだ。

「千鶴が大事？」
「大事だよ」

　わたしはすぐにうなずいた。

「あなたがお姉さんを大切に思ってたみたいに、わたしにとっては千鶴が大事なの」
「だろうね」

　美紗は、ころころと笑った。

「でなきゃ、次に呪いを受けるのは自分なのに、リライトなんかさせないよね」

　わたしはぞっとした。
　まるで美紗は、７組にいて、全部見てきたかのようだった。
　これもわたしたちには測り知れない、美紗の『力』だというのだろうか。

「うーんと。じゃあ、勇気あるえりに免じて——」

　助けてくれるの？
　期待に胸を膨らませたわたしに、美紗はにこやかな表情を崩さずに、言った。

「千鶴には、できるだけ綺麗で、苦しまない死に方をさせてあげるね」

　わたしは一気に奈落の底へ突き落とされたようだった。

「美紗さん！」

　血の気が引いたわたしを、無視して。
　美紗は、千鶴にすっと視線を移した。
　やっぱり口元だけは、無邪気に笑っている。

「千鶴。あなたは拡散死亡とかじゃなく、どうあがいたって16歳で死ぬ運命だったんだよ」
「どういう、こと」

　千鶴が怯えたように訊くと、美紗は言った。

「わたしは、確かにさっき、毒で人は殺さないって言ったよ。でももしそれが嘘だったとしたら、どうする？」
「え——」
「たとえば、五つあるコップのどれかひとつにだけ、毒を仕込んでいたとしたら。そして運悪く、それを手にしたのが千鶴、あなただったとしたら」
「ま、まさか、そんな」
「この世には紅茶に混ぜたってわからないような、無味無臭の毒があるんだよ。たとえばほら、今が見頃の彼岸花。あの茎には、実は強力な神経毒が含まれてるって、知ってた？」
「……う、嘘でしょ？　そんなの」
「嘘かどうかは、あなたの身体が証明してくれる。ねぇ、だんだんと気持ち悪くなってきたんじゃない？　胃の中の内容物が、せりあがってくるような感覚がしない？　それから、締めつけられるようなお腹の痛み。どう？」
「……っ」

　千鶴が、急に腹部を押さえて、その場にうずくまった。

「千鶴！」
「森崎さん！」

　わたしは屈みこみ、千鶴の背中をさすった。

千鶴の顔は真っ青だった。
　本当に、具合が悪そうにみえた。
　まさか──まさか。
　美紗は本当に毒を仕込んだっていうんだろうか。

「千鶴、千鶴……！」
「森崎さん、気を強く持って」

　千鶴の名を呼ぶだけで何もできないわたしの横で、蓮君が口をひらいた。

「惑わされちゃだめだよ。これは一種の暗示だ。美紗さんは心理的に森崎さんを追いつめて、死に至らせようとしているんだ。ストレスと同じだよ。精神状態っていうのは、想像以上に人の健康に影響を及ぼすものなんだよ」

　でも、と、千鶴は震えながら反論する。

「わかんないじゃんそんなこと。無味無臭だったら、飲んだって、誰にもわかんないじゃん」
「だけど医者にはわかることだよ。検死すれば、毒物を飲んだことが簡単にわかってしまう。毒が出てくれば警察だって動く。そんなリスクを冒してまで、美紗さんが毒を盛ると思う？　人を呪

い殺せるだけの力がある美紗さんが」
「そ、そうなのかな……、ほ、本当に……？」

　千鶴が、心細げに蓮君を見た。
　すると何がおかしいのか、美紗が突然ケラケラと笑い出した。

「ふふ、あははははは！」

　わたしたちは、いっせいに美紗に注目した。

「蓮君の話は、筋は通っているけど、それだって全部憶測じゃない！　人はロボットじゃないんだよ？　あるとき突然、予測不能な行動に出るのが人間ってものじゃない！　ねぇ、こうは考えられない？　たとえばわたしが今まで足がつかない方法で人を殺してきたのは、美紅ちゃんの傍にいたかったから。ただそれだけだって。でも美紅ちゃんが死んだ今、わたしはすべてがどうでもよくなって、毒を使っちゃったんだって！」

　美紗はベッドの上から、興奮して血走った目で千鶴を見おろした。
　そして口をひらく。
　血濡れたように朱い唇を。

201

「森崎千鶴は毒で死ぬ！　森崎千鶴は毒で死ぬ！　森崎千鶴は毒で死ぬ！」

　美紗は何度も叫んだ。
　千鶴が涙を浮かべながら、頭を押さえる。首を振る。

「やめてっ、やめて！」
「お前は毒で死ぬ毒で死ぬ毒で死ぬ毒で死ぬ毒で死ぬ」
「やめてえええええええええ！！！」

　千鶴はのどが破れるほどの金切り声を発すると、突然糸が切れたように、ばたりと倒れた。

「千鶴！」

　わたしは千鶴の肩を揺すったが、ぴくりともしない。
　蓮君が素早く立ち上がって、ナースコールを押した。
　すぐに、看護師さんたちが駆けつけてきた。

「四辻さん、どうしました⁉」

　看護師さんが入ってきたとたん、美紗は急に、別人のように態度を一変させた。

「あ、あのっ、わたしじゃなくて、千鶴が、友達が、急に苦しみだして……！」

　わたしは目を疑った。
　直前まで千鶴を追い詰めていた美紗の目には、涙さえ浮かんでいたのだ。
　ぐったりとして動かない千鶴の身体が、ストレッチャーに乗せられて、運ばれていく。
　わたしはそれを追うように、病室を飛び出した。
　どこをどう走ったかわからない。
　わたしはとにかく並走しながら、千鶴の手を握った。
　千鶴の体温は冷え切っていた。
　そのあまりの冷たさに、わたしは息もできなくなった。

「千鶴、やだよ、目を覚まして、千鶴！」

　千鶴は目を開けない。
　廊下の突き当たりにある、集中治療室のドアが開いた。
　千鶴を載せたストレッチャーは、冷たい銀色のドアの向こうに吸い込まれていった。
　わたしは当然、入れてもらえるはずもなく。
　ドアはわたしの目の前で、閉まっていった。

「千鶴……」

 立ち尽くしていると、うしろから肩を叩かれた。
 振り返ったら、蓮君と櫻居君が立っていた。

「いま、学校から森崎さんの家に、電話入れてもらったから」
「電話……」

 わたしは、ぼんやりと繰り返した。
 まだ思考が追いついていっていない。
 千鶴は、このまま死んじゃうの？
 千鶴の声。
 声が、わたしの頭の中に、よみがえった。

『でもわたし、えりのそういうところが好きなの』

 ふわりと笑って、千鶴はそう言った。

「……死なせるわけにはいかないよ」

 わたしは、声に出してそう呟いていた。
 そうだ、死なせるわけにはいかないのだ。

呪いはわたしのところでとめてみせる。
わたしがきっと、なんとかする。
わたしは千鶴に、そう約束したんだから。
わたしは決然として、顔を上げた。

——そのとき。
わたしは廊下の向こうの突き当たりに、美紗の姿を発見した。
遠くて表情まではよくわからないけど、日本人形を抱いているから、間違いない。
突っ立って、こちらを見ていた。
美紗はわたしと目が合うと、すいと廊下の角を曲がっていった。

「……四辻美紗！」

わたしは叫ぶと、美紗を追いかけた。

許さない。
千鶴を苦しめて。
四辻美紗。
あなただけは、絶対に許さない！

病身の美紗は、速くは走れない。
だいいち、わたしから逃げる気もなかったのだろう。

美紗は中庭の噴水の前で、わたしたちが追いつくのを、にこにこしながら待っていた。

「あれもひとつの呪いだよ。言魂っていうの。人間って、そんなに強くないじゃない。だから、繰り返しマイナスの言葉を吹き込まれると、本当に病んじゃうんだって」
「なんでここまでするの？　千鶴があなたに、四辻さんに何をしたっていうの？」
「逆に千鶴は、美紅ちゃんに何をしてくれたっていうの？」
「質問に質問で返さないで！」
「……大きい声、出さないで。心臓に響くの」
「美紗……！」

　美紗がふらりとよろめいたので、わたしは反射的に彼女を抱きとめていた。
　すると、わたしの肩に額を押しつけながら、美紗はくすくすと笑いだした。

「……嘘ついたの？」
「試したかったの。えりは、わたしのためにも必死になってくれるのかなぁって」

　美紗は冗談めかして言いながら、噴水前のベンチに腰掛けた。

とっさとはいえ、わたしは美紗に肩を貸してやったことを後悔していた。
　でもよく見れば美紗の頬は蒼褪めていたので、体調不良もあながち嘘ではないのかもしれない。

「あなた、真っ青じゃない。早く病室に戻ろう」
「えりは、お人好しだなぁ」
「ふざけないで」
「仲良くしようよ、えり」

　美紗はわたしの顔を見つめて、言った。

「わたし、7組で唯一、えりのことは好きだよ？」
「な……」
「もちろん、えりが役立たずだったことに変わりはないけどさ。遠足の班決めのときにひとりだった美紅ちゃんに声をかけてあげたり、乃愛たちが美紅ちゃんを侮辱したときに、怒ってくれたりしたじゃない。えりのそういうところは、悪くないと思うなぁ」

　ふふ、と笑って、美紗は続ける。

「でも、だからって容赦はしてあげないけどね。千鶴が死んだら、次はえりの番だよ」

207

「千鶴は死なないよ」
「えりが千鶴の死ぬ確率を半分にしてあげたから？　でも残念ながら、死んじゃうよ？」
「死なないよ！」
「死ぬよ。千鶴は死ぬ」
「死なな……」
「死ぬ！　あの子はもう助からないよ！　いい気味！」

　美紗はまた、けたけたと笑い出した。
　わたしは、美紗の手の上で完全に転がされていた。
　わたしは悔しくて、悲しくて、目の前で笑い続ける美紗をひっぱたいてやりたい衝動にかられていた。
　でも、こらえた。
　暴力なんかに訴え出たら、手当たりしだいに人を呪い殺す、美紗と同じになってしまう。
　だからわたしは、声をふり絞って言った。

「わたしはまだ、千鶴をあきらめない。絶対にあきらめたりしない！」
「そうそう、その感じ！」

　美紗が、昂奮したように言った。

「わたしも美紅ちゃんが昏睡状態だった二日間、えりと同じ気持ちだった！　わたしの大事な美紅ちゃんが、こんなにあっけなく死んじゃうはずがない。美紅ちゃんは絶対に目を覚ますって、そう信じてたよ。でも——」

　言いかけて、美紗はふと口をつぐむ。
　肩が、小刻みに震えている。
　泣いているの？
　そう思って美紗の肩に触れようとしたら——違った。
　美紗は泣いてるんじゃない。
　唇をむずむずさせて、笑いをこらえていた。
　美紗は高い病棟を見上げた。
　集中治療室のあるあたりを見つめながら、美紗は、にっこりと笑って呟いた。

「はい。これで、あと101人になりましたー」

千鶴が死んだ。

　千鶴の両親が病院に駆けつけたときには、もう死んでいた。
　わたしは千鶴の死に顔を、ふしぎな気持ちで眺めた。
　死んでいるなんてとても信じられないくらい、綺麗な顔をしていた。
　眠っているとしか思えなくて、頬に触れてみたら、硬く、冷たくなっていた。
　それでわたしは、ああ、やっぱり千鶴は死んだのか、と思った。

「酷なことを言うようだけど……」

　帰りの電車の中だった。
　わたしたちのほかには誰も乗っていない車両で、櫻居君が、小声で切り出した。

「悲しむのはあとだよ、深澤さん。今は呪いを解く方法を探さないと」

　わたしは、自分の携帯を眺めた。

森崎千鶴さんがリライト
美紗＠misa_564219・9月3日
【拡散死亡】深澤えりか様。この書き込みがTLに表示されたあなたは、必ず3日以内に死亡します。ただしこれをRWすれば、あなたが死ぬ確率は半分になります。また、あなたが死ぬ前に、この書き込みによる死者が108人に達した場合は、あなたは死を免(まぬが)れます。あと101人
pic.writer.com/……

　予定通り、タイムラインに千鶴のリライトが表示されたのは、わたしだった。
　わたしは、リライトする気にはなれなかった。
　リライトすれば、次の犠牲者は蓮君だからだ。

「そんな方法、あるのかな」

　わたしが呟(つぶや)くと、櫻居君は、「あるよ！」と、きっぱりと口にした。

「だって美紗さんは、陰陽がどうのって話をしたときに、しまったって顔したもん。もし美紗さんが『陰陽』って単語を隠しておきたかったんだとしたら、陰陽道にこそ、何か重要なヒントが隠されてるんだと思う」

電車が減速しはじめると、櫻居君は床に置いていた鞄を持って、席を立った。
櫻居君は、次の駅で降りるのだ。

「僕、今日はおじいちゃん家に寄ってくことにする。神楽坂のおじいちゃん家には、呪いとかお化けに関する本がいっぱいあるんだ。何か役に立ちそうな本を見つけたら、葛西ん家に持ってくよ。月曜まで連休だしさ」

電車のドアが開くと、じゃあね、と言って、櫻居君はホームに降りていった。

今日は土曜日だけど、たまたまそういう時間帯にあたったのか、電車はいつになく空いていた。
この車両だけではなくって、前の車両も後ろの車両も、数えるほどしか人が乗っていない。

そのせいだろうか。
　わたしは櫻居君が電車を降りていったとたん、公共の場だということも忘れて、気をゆるめてしまったのだ。
　まだ、傍には蓮君がいるのに。
　涙が零れてきた。
　悲しむのはあとだと櫻居君に言われたばかりだけど、わたしは本当に、悲しくて悲しくてたまらなかった。
　目を開けてたって瞑ってたって、頭に浮かんでくるのは千鶴のことばかりだ。
　わたしはとてもじゃないけれど、呪いのことなんか考える余裕がなかった。
　自分が３日以内に死ぬことが、確定したにもかかわらず。
　声を押し殺して泣いていたら、隣に座っていた蓮君に、頭を抱き寄せられた。

「少し眠ったらいいよ。どうせ家に帰ったら、寝る時間もないくらい呪いについて調べなきゃいけないんだから」
「……」
「着いたらちゃんと、起こすから」

　わたしは、疲れていた。
　遠慮する気力もなかったから、わたしはおとなしく、蓮君の言うことに従った。

蓮君の肩に寄りかかり、目を閉じる。
髪を撫でてくれる蓮君の手が、心地良かった。
睫毛が震えて、またあらたな涙が、わたしの頬を転がり落ちていった。
蓮君はずっと、黙っていた。
けれど、わたしの呼吸が寝息に変わりはじめた頃。
ただ一言、わたしに、囁いたのだった。

「……のこと、…………だった」

わたしはそれを、夢と現実の狭間で聞いていた。

……なんて言ったの。蓮君。

わたしは、あまりにも眠たくて。
ついぞ蓮君に訊き返せないまま、深い深い眠りへと落ちていった。

9月15日　月曜日

呪いを解く方法が見つからないまま、2日が経った。

わたしの寿命は、もって、今日の夜までだった。

蓮君が言ったとおり、本当に寝ている場合じゃない。

わたしは13日の夜から現在、15日の夕方に至るまで、自宅と蓮君の家、または図書館を行き来して、ひたすら呪いについて調べていた。

今は蓮君の部屋のパソコンで、呪い関係の単語を延々と検索している。

蓮君は勉強机に向かってやっぱり呪術関係の本をひらいているが、わたしたちの間に、会話なんてなかった。

それだけ切羽詰まっていた。

この2日間、ほとんど寝ていなかった。

それは蓮君も一緒だ。

櫻居君も家で色々と調べてくれたみたいで、今日はこれから、ひいおじいさんの本を持って来てくれることになっている。

蓮君も櫻居君も、なんとかして呪いを回避しようとしてくれているみたいだった。

ふたりが頑張ってくれているのに、当のわたしが腐ってるわけにもいかない。

わたしはどうかすると沈みそうになる気持ちをなんとか奮い立たせて、調べものに専念した。

『呪い』と入れて検索すると、無数にヒットする。
　呪い代行業者なんていうのもあるらしく、うっかりページをひらいてしまったわたしは、おどろおどろしい雰囲気に圧倒されて、慌(あわ)てて閉じたりもした。

　呪いは、古くは丑(うし)の刻(こく)参り。
　鬼女みたいな人が、藁人形(わらにんぎょう)に釘(くぎ)を打つやつだ。
　平安時代にはすでにさかんに行われてたみたいだけど、こんなに昔からあったんだ……と思うと、わたしはぞっとした。
　人間って本当に、誰かを呪わずにはいられない生き物なんだなって……。

　昭和以降の呪いを調べているうちに、わたしは気になる単語を発見した。

「不幸の手紙……？」

　わたしが見ているサイトによると、これはチェーンメールの一種で、今から50年くらい前に流行(はや)ったらしい。

「なに。不幸の手紙って」

　背中あわせに本を読んでいた蓮君が、反応した。

「ええとね、昭和中期に流行した、チェーンメールだって。『この手紙を読んだあなたは3日以内に死にます。死を逃れたくば、10人に同じ手紙を送ってください』みたいな文面の手紙が送られてくるらしい」
「へえ。なんか、ライターの呪いと少し似てるね」
「だね。……ん？」

　蓮君と喋りながら画面をスクロールしていたわたしは、ある単語を発見して、パソコンに顔を近づけた。

「幸福の手紙」

　なんだろうと思って、わたしは説明文を読み進める。
　そして。

「蓮君、蓮君！」

　最後まで読み終えたとき、わたしは蓮君を呼んだ。

「どうしたの」

　横に近づいてきた蓮君に、わたしはパソコンの画面を指さして

言った。

「『不幸の手紙』にかけられた呪いを無効にする、『幸福の手紙』だって。幸福の手紙がまわってくれば、不幸の手紙を受けとってしまった人でも、不幸になったり、死んだりしなくても済むみたい！　ねぇ、もしかして、これのライターバージョンとかあったりして！」

　わたしは期待に胸を膨らませながらら、『ライター検索』をひらいた。
　検索バーに、『幸福の手紙』だとか『幸福のライト』だとか、『幸福　ライト』だとか、とにかく似たようなキーワードを打ち込んでみた。
　……けど、30分後。

「……そううまくはいかないよね……」

　結局、有益な情報は得られなくて、わたしはキーボードの前に突っ伏してしまった。

「ないなら、作ってみようか」

　蓮君が言うと、わたしはのろのろと顔を上げた。

219

「……どうやって？」
「それは……。ごめん。今から考える」
「……美紗が作ってくれたらいいのにね」

　わたしは自分でそう呟いておいて、美紗が億にひとつも幸福の書き込みを作る可能性がないことを、先日の彼女の態度からも確信していた。
　——と、そこへ。
　玄関のチャイムが鳴った。
　蓮君は部屋を出ると、階段を下りていった。
　すぐにふたりぶんの足音が、２階に上がってきた。

「深澤さん、おはよう」
「おはよう」

　もう夕方だけど。
　部屋に通されたのは、櫻居君だった。
　櫻居君は、表紙がぼろぼろになった、古い本を手にしていた。
　時代劇の人が読んでいそうな、紐で閉じられた冊子だ。

「やっと気になる記述を見つけたんだ。ここ、見て」

櫻居君はおもむろに床に冊子を広げると、ふせんが貼られたページをわたしたちに示してきた。
　わたしは櫻居君が指さした箇所を覗きこんだ。
　覗きこんだはいいけれど、さっぱり読めなかった。
　この前のお札みたいに、文字が全部一本につながっている。

「……ごめん、わからない」
「えっとね、要約すると」

　櫻居君は言った。

「その昔、ふたごの人形っていうのは、陰陽道の思想にもとづいて作られたものが多かった。つまり、片方が陰で、もう片方が陽。二体が揃うことで、はじめて調和するんだ。お箸みたいなものだよ。１本なくしたら、ただの棒になる。棒になるくらいだったらいいけど、ふたご人形の場合は、もっと恐ろしい」
「……恐ろしいって？　ふたご人形って、そんな怖いものなの？」
「ううん。災難よけの天児と一緒だから、むしろ、守ってくれるもの。でも、字が似てるように、『祝い』と『呪い』は紙一重なんだ。だから、どちらか一方が欠けた瞬間、ふたご人形は呪物になる」
「でもそんなこと言ったら、美紗がアメリカに行ってるあいだ、ふたご人形は遠く海を隔ててそれぞれの手元にあったわけだから、

221

その時点で不吉なものになってたってことにならない？」
「距離の問題じゃないよ。重要なのは二体とも、人の形を保ったまま、この世に存在していることだから」
「なるほど。それで？」
「……」
「あ、……おしまい？」
「うん」
「うん。なんか、参考になったような気もする」

　わたしはそう言ったけれど、ふたご人形の性質がわかったところで、どうしたらいいのかわからなかった。
　一拍置いたあとで、櫻居君は肩を落とした。

「ごめん。やっぱり僕、役に立たなかった」
「そ、そんなことないよ！　役に立つよ！　ね、蓮君」

　わたしは蓮君のほうを見たが、蓮君は何か考え事でもしていたのか、わたしたちの話を聞いていなかったようだった。

「……そうだ。それなら──」

　蓮君は思いついたように言うと、櫻居君を見た。

「櫻居、今すぐにライターのアカウントを取得して。起点になるのは誰とも繋がってなくて、少しも呪いに染まってないアカウントのほうがいい」

　櫻居君は蓮君に何か考えがあると思ったのか、素直にうなずくと、さっそく携帯を操作しはじめた。

「蓮君、何するの？」
「えり、幸福の手紙だよ。『呪いの書き込み』に対抗する、『祝いの書き込み』を作ろう」
「どうやって？」

　わたしが目を見ひらいたとき、櫻居君が言った。

「葛西。アカウント、とった」
「ありがとう。ついでに携帯貸して」

　蓮君は、櫻居君から携帯を受けとると、文字数を数えながら、何か文章を入力しはじめた。
　もう、時間が——わたしの寿命が、残り少ないせいだろう。
　蓮君は、すこしも手をやすめずに言った。

「ふたごの人形が、アメリカと日本のように、距離的にばらばら

223

になるぶんには一方が欠けたことにはならない。問題は、どちらか一方が、この世から消失した場合。あるいは最初からどちらか一方が欠けていた場合だ。そういうときに、一体しかない人形は呪具になる。──櫻居が言ってたのは、つまりこういうことだよね」
「うん。そう」
「呪いの書き込みが呪いとして機能したのはなぜか。……それは、書き込みにアップロードされた写真には、片方の人形しか映ってなかったからだ。そして美紗が抱いていた人形の写真は、多分、この世に存在しない。つまり、人形そのものはこの世に二体あっても、写真としては、欠けていたんだよ」
「……あ!」

　わたしは、やっと理解した。

「人形がふたつ揃えば怖いものじゃなくなるなら。美紗が持ってた人形を写真に撮って拡散しちゃえば、美紅の人形の画像を受けとってしまった人にも呪いがふりかからなくなる。そういうことだよね?」
「そう」

　蓮君はうなずいた。
　だけど、ひとつ大きな問題がある。

「どうやって美紗の人形の写真を手に入れるの？　今から行ったって、病院に着くころには面会時間も終わってるだろうし、美紗が親切に写真を撮らせてくれるなんて思えない」

　わたしが言うと、蓮君は、櫻居君を見た。

「櫻居。お前、いわくありそうなものを見つけると、すぐに写真撮る癖があるよね。このまえ遠足で史跡を巡ったときも変なお面の写真撮ってたし、おととい美紗の病室に行ったときも、なんか撮ってなかったっけ」
「撮った！　僕、シャッター音が無音になるアプリ使って、人形の写真撮ったよ！　しかも保存してある！」
「わあぁ、櫻居君、よくやったよ！」

　わたしは思わず櫻居君の手をとると、ぶんぶんと上下に振った。
　もうこの際、病院で携帯を使ったり、隠し撮りしたりすることが、良いか悪いかなんてどうでもよかった。
　助かるんだ。
　わたしはこの瞬間に、それを確信した。
　蓮君の指先から、１文字１文字、祝いの書き込みが生みだされていく。
　わたしはそれを、胸が熱くなるような思いで見守っていた。

【拡散希望】この書き込みがTLに表示された人は、美紗の呪い を回避することができます。1人でも多くの人を呪いから救うた めに、この書き込みを拡散してください

　最後に、「。」が打たれたときだった。
　蓮君の手のひらから、櫻居君の携帯が、滑り落ちていった。

「……櫻居」

　蓮君は、携帯を拾おうともせずに、口にした。
　蓮君の目は、わたしたちを見ているようで、焦点が定まっていなかった。

「……どうしたの。葛西」

　蓮君のただならぬ気配を、櫻居君も感じたのだろう。
　櫻居君が訊くと、蓮君は、急に、左胸を押さえた。
　蓮君は、あえぐように口をひらく。
　その唇から零れるのは、乱れた呼吸ばかりだった。
　熱に冒されたときのような、ひどく、苦しげな呼吸。

「蓮君……？」

　蓮君は、立っているのもつらそうだった。
　眉間には深い皺が刻まれて、額には、珠のような汗が、いくつも滲んでいる。
　蓮君の身体がふらりと傾ぐと、わたしはとっさに蓮君の背中に両手をまわして、彼の重みを支えた。
　わたしの背骨を、蓮君の指がたどっていく。
　わたしは、蓮君に抱きしめられていた。
　しがみつかれている、といっていいくらい、きつく。
　蓮君は息も絶え絶えに、言った。

「……櫻居。文章は作ったから。あと、頼む。人形の画像貼って、最後に、書き込みっていうのを、押すだけだから。……わからなかったら、えりに、訊いて」

　わたしは衣服を通して、蓮君の手がおそろしく震えているのを感じとっていた。
　尋常じゃ、ないくらいに。
　がたがたと、震えていた。
　蓮君は顔をずらすと、わたしの耳元に、唇を寄せた。

「えり」

「なに」と、わたしは掠れた声で訊き返した。
　蓮君の手が、わたしの頭を、優しく撫でおろしていく。

「呪いに終止符を打つのは、えりの役目だよ。……えりが、また、大切な誰かを失って、……悲しい思いをしないで、済むように……」

　わたしの唇はひどく乾いていて、くっついてしまっていた。

「ねえ、蓮君」

　無理にはがして、わたしは、声を絞り出すように言った。

「ねえ、嘘でしょ？　そんなの、嘘だよね」

　わたしは蓮君を抱きしめながら、スカートのポケットから、自分の携帯を取り出した。
　ライターに、アクセスする。
　わたしは、タイムラインではなく。
　自分の書き込みを、確認した。

深澤えりかさんがリライト
美紗@misa_564219・9月3日
【拡散死亡】葛西蓮様。この書き込みがTLに表示されたあなたは、必ず3日以内に死亡します。ただしこれをRWすれば、あなたが死ぬ確率は半分になります。また、あなたが死ぬ前に、この書き込みによる死者が108人に達した場合は、あなたは死を免れます。あと101人
pic.writer.com/……

わたし、は。
リライトしたおぼえなんか、ない。
携帯は、いつも、肌身離さず、持っていた。
だけど。
わたしは死亡宣告を受けとってから、一度だけ——。
たった一度だけ、蓮君に、隙を見せてしまったことがあったのだ。

電車の中で、
わたしが眠りに落ちる直前に、
蓮君は、わたしになんて囁いた？

『えりのこと、ずっと好きだった』

　……あのとき。
　わたしが眠っている、そのあいだに。
　蓮君は、わたしの携帯でリライトしたんだ。
　自分の命を犠牲にしてまで、わたしが死ぬ確率を、半分にするために。

　蓮君の身体から、急速に、力が抜け落ちていく。
　蓮君の全体重が、一気にわたしにのしかかってきた。
　わたしは立っていられなくなって、蓮君もろとも、その場にくずおれた。

　冷たくなっていく。

　蓮君の身体が、どんどん冷たくなっていく。

　わたしは、片手で蓮君の身体を抱きしめながら。
　表情もなく、櫻居君の携帯に、手を伸ばしていた。

2月5日　木曜日

わたしは廊下の窓から、外を見ていた。
学校の前の道路は、一面の雪景色。
空からは純白の欠片が、はらはらと舞い降りてくる。

綺麗な雪。

見とれていると、わたしの後ろに、誰かが立った。

「……深澤さん。本当に、これで良かったの」

　冬服の黒いブレザーを着た、櫻居君が立っていた。

「良かったって、なにが？」

　わたしはにこにこしながら、首をかしげた。

「……葛西は本当に、こんな結末を望んでいたのかな」
「またその話」

　わたしは、笑みを消した。

　あの日。
　蓮君が死んだ、直後。

わたしは櫻居君の携帯を手にとった。
　わたしはまず、ひらかれっぱなしになっていたライターを、閉じた。
　それから、櫻居君のデータフォルダから、美紗の人形の写真を削除した。
　だめだよ、何するの、と櫻居君は何度も何度もわたしに向かって叫んだけれど、わたしはそれを、ことごとく無視した。

　千鶴が死んで。
　蓮君が死んで。

　わたしは、何もかもがどうでもよくなってしまったのだ。
　どうせわたしの大事な人は、もういない。

　だから、みんな死んじゃえばいいと思った。

　ライターに関心がない蓮君のフォロワーは、最初から最後まで、わたしひとりだけだった。
　だから蓮君が死んだあと、次の死亡宣告が、誰に下されたのかはわからない。
　興味もなかったし、どのみち今となっては、知りようもないことだった。

死亡者は途中から7組だけにとどまらず、いろんなクラスに拡散したし、7組の生徒だってもう、わたしと、あともうひとりを除いて、全員死んじゃったから。
　当事者はみんな、みぃんな、いなくなった。

「えり！」

　高い声が廊下に響いた。
　わたしの腰に、長い黒髪の女の子が抱きついてくる。
　四辻美紗。
　わたしの、たったひとりのクラスメート。

「ねぇ、廊下、寒くない？　教室に戻ろうよ」
「うん。そうだね」

　わたしはうなずくと、櫻居君に手を振った。

「じゃあね。櫻居君」

　櫻居君は、なんともいえない顔をして、わたしたちふたりの姿を見送った。
　冬のはじめに美紗が編入してきてからというもの、わたしと美紗は、大の仲良しだった。

あんなに反感を覚えていたのが、ふしぎなくらい。
　呪いの書き込みを受け取った生徒がひとり、またひとりと死んでいくたびに、わたしはなぜか、どんどん美紗のことが好きになっていった。

　だけど、ひとつだけ。

「ひとつだけ、気になってることがあるの」

　席がふたつしかない、がらんとした教室に入ると、わたしは言った。

「なぁに？」
「結局108人っていう数には、何か意味があったの？」
「煩悩の数だよ」

　美紗は無邪気な笑みを浮かべた。

「人間は、醜い欲の塊でしょう？　だから、人間を煩悩にたとえたの。ひとつずつ、ひとつずつ、煩悩をこの世から消し去っていくのは、いいことをしているみたいで気持ち良かったよ。そしてね、108人目の人間が死んだとき、すてきなことが起こる仕掛けにしたの！」

「すてきなこと？」
「美紅ちゃんが、新しい身体を手に入れるんだよ！」
「新しい身体？」

「うんっ」と、美紗はうなずいた。

「煩悩も、残り少なくなってきたからね。めんどくさいからちゃんと数えてはいないけど、あと１人か２人死んだら、身代わり人形が、本物の美紅ちゃんになるの。……楽しみだなぁ」

　身代わり人形ってなんのことだろう、と思ったけれど、わたしは深く追及しなかった。
　美紗が笑ってくれるなら、それでいいや。

　だッテ。
　ワタシタチハ、オナカノナカニイタトキカラ、ズッ、ズーット、フタリデヒトツダッタンダカラ！

　頭の中から幻聴が聞こえてきたけれど、わたしは気にしなかった。
　このところ、毎日だから、いちいち気にしてたらキリがない。

ところで。

わたしは最近、身体中がかゆくてたまらない。
かきむしると、わたしの皮膚の下から、ぶつぶつだらけの別の皮膚が現れる。四辻さんのように。
髪が急に伸びてきて、ごわごわになった。四辻さんのように。
頭垢(ふけ)がよく出るようになった。四辻さんのように。
鼻の下に大きな疣(いぼ)ができた。四辻さんのように。
全身がぶくぶくと太ってきた。四辻さんのように。
ときどき、鏡に映る自分が、他人のように見えることがある。
たびたび、自分が深澤えりかであることを、忘れそうになる。

わたしは、おかしくなってしまったのだろうか。
それとも、生かされたことが、本当の呪いのはじまりだったのだろうか。

美紗はときおり、わたしのことを、美紅ちゃんと呼ぶ。

わたしは死こそ回避したが、それだけだったのだろう。

わたしは、きっともうすぐ、四辻さんになる。

番外編　桜仙学院高等学校七不思議

　全国のみなさん、こんにちは！

　わたしたちは、桜仙学院高等学校の文芸部です。

　このたび、わが校の１年生・深澤えりかさんの体験談が、ピンキー文庫さんから１冊の本になりましたー！

　わーい、ぱちぱち☆

　あ、先に番外編から読んでいる人は、ぜひ本編のほうからお読みになってくださいね！

　本編から読んだほうが、絶対に絶っ対に楽しいですから！

　もうね、おもしろさが100倍は違いますから！

　えへへー (*^v^*)

　みなさんにすこしでも楽しんでほしくて、つい熱くなっちゃいました！

　お話を戻しますね♪

　さて、晴れて書籍化となったわけですが。

　実はですねー、深澤さんが書き上げたあと。

　まだ10ページほど枚数に余裕があることがわかったのです。

　どうしますかーっていう話になったとき。

　なんとなんと！

わたしたち文芸部のもとに、番外編を書きませんかというお話が舞い込んできたのです！
　とつぜんの嬉しいお誘いに、わたしたちは驚いたり、喜んだりと大忙し！
　何せプロでもない、一文芸部員に過ぎない自分たちの文章（が収録された本）が日本全国の本屋さんに並ぶのですから！
　これは、わが文芸部が発足して以来の栄誉です！
　我々のOBやOGも、さぞや大喜びしていることでしょう☆

　……しかしいざペンをとってみると、緊張してしまって、どんなことを書いたらいいのか、さっぱりわかりません(/_<。)
　文芸部には小説家志望者も多く集うのに、情けないです＞＜
　そこで。
　桜仙学院高等学校文芸部では、議論に議論をかさねた結果、わが校に伝わる七不思議を書いてみないか、という結論になりました。
　七不思議……
　七不思議ですか。
　……うーん。
　わたしは怖い話って、ちょっと苦手なんですけどね……（汗）
　でも確かに、今の時期にはぴったりかも!?
　というわけで。
　さっそく次のページから書いて参りたいと思いまーす♪

一つめの不思議　地下に続く階段

　西館の西に向かって一番奥に、地下に続く階段があります。
　その階段は、夜の0時から2時のあいだ、地下世界に繋がるのだそうです。いちど地下世界に足を踏み入れてしまうと、もう二度と地上には戻れないといいます。
　桜が満開の、ある春の夜のことでした。
　高校に入学したばかりのA君という男の子がひとり、七不思議の噂を聞きつけて、夜の学校に忍びこみました。
　0時になると、A君はさっそく地下階段を下りていきます。
　ところが、これといって変わった様子はありません。
　真っ暗なばかりで、地下の風景はいつもと一緒です。
　A君はがっかりして、家に帰りました。
　玄関のドアをあけて、パッと明かりをつけたときでした。
　A君を出迎えてくれたのは、お母さんではありませんでした。
　スイカのように丸く、毛むくじゃらの生き物たちがひしめいています。目も鼻もありませんが、人間のそれとそっくりな大きな口が、顔の真ん中にくっついていました。歯もあります。
「イﾞイﾞイﾞィィィィイﾞイﾞイﾞィィィ」
　得体の知れない生き物たちは、奇声を発したり、カチカチと歯を鳴らしながら、またたくまにA君を取り囲んでしまいました。
　地下世界は、わたしたちが住んでいるこの世界と、とてもよく似ているのだそうです。

240　番外編　桜仙学院高等学校七不思議

二つめの不思議　グラウンドの下には……

　何年か前、猫やハムスターが、何者かの手によって殺されるという事件が相次ぎました。犯人は小動物の首と胴を切断すると、生首は人目につく場所に置き、胴体は土に埋めました。
　犯人が胴体を埋めた場所は、この学校のグラウンドでした。
　ある日、犯人が自宅近くで、首なし死体で発見されました。
　そばに動物の毛がたくさん落ちていたことから、この犯人は、野犬に食われたのだろうということで処理されました。
　という記事をインターネット掲示板で読んでいたB君は、なんだか納得のいかない様子です。
「なんかさぁ、この事件そのものが嘘っぽくね？」
「なんで？」と、C君が訊き返します。
「だって俺らの学校で骨が出たとか、聞いたことねーじゃん」
「あー、確かに」
　二人は何かに引き寄せられるようにしてグラウンドに出ると、紅い紫陽花の植え込みの下を掘り返してみました。すると、
「「うわああぁぁっ」」二人は叫びました。
　ミイラ化した、人間の頭部が出てきたのです。首の切断面から、何かキノコのようなものが生えています。よくよく目を凝らせば、やはりミイラ化した猫や鼠の胴体が、群生するキノコのように首にぎゅうぎゅう詰めになっていたのでした。動物たちは犯人に、首を返してほしかったのかもしれません。

241

三つめの不思議　鏡に映るもの

　家庭科室の鏡の話をご存じでしょうか。
　鏡に映ったものは、普通、左右が逆になりますよね。
　ところが、家庭科室の鏡には、不思議な噂があるのです。
「お天気雨が降ってるときは、裏表がさかさまに映るー？」
　Ｄさんが、うさんくさそうな顔でＥさんを見ました。
「どういうこと？　まず日本語の意味がわかんない」
「わたしもよくわかんないけど、んー、ふだん無表情の子が鏡の前に立ったら満面の笑みになるとか、そうゆうかんじ？　なんにしたって気になるじゃん、ちょっと行ってみようよー」
　友達のＥさんは、こういう不思議な話が大好きなのです。
　外では、お天気雨が降っていました。雨に濡れた向日葵の花が、お日様の光を浴びてきらきらと輝いています。
　まあたまには付き合ってやってもいいかな、と思い、ＤさんはＥさんと一緒に、家庭科室に向かいました。
　夏休みですから、家庭科室は薄暗く、だあれもいません。
　鏡の前に立ったときでした。ＤさんとＥさんは、揃って「ヒッ」と声をあげました。鏡には、脳みそや内臓がむき出しになった自分たちの姿が映っていました。まるで人体模型のようです。
　裏と表がさかさまになるというのは、つまりそういうことだったのです。
　ふたりは翌日、裏返しになった死体で発見されました。

四つめの不思議　廊下を走るな

　現代の科学技術では不可能だといわれていますが、実は、少しだけ先の未来に行く方法があるそうです。

　まず、4階の廊下の端に立ってください。時報が4時44分44秒を告げたら、駆け出しましょう。全速力で走ります。向こう側に着いたら、壁にタッチして下さい。

　このとき、あなたはすでに未来に時空移動しています。

　振り向くと、紅葉を敷きつめたように、廊下が血だらけになっているはずです。天井から血が滲み、滴り落ちているのです。あなたはその光景を見てから44秒以内に5階に上がらなければなりません。あなたが本来いるべき時空に戻るためです。

　このとき、ぽたぽたと降ってくる血にあたらないようにしてください。一滴でも触れてしまうと、あなたは地獄に落ちます。

　44秒以内に5階に上がりましたか？　おめでとう！

　あなたは無事に、あなたの時代に帰ることができました。

　だけどもう永遠に、あなたは家に帰ることができません。

　廊下の向こうの暗がりから、斧を持った人影が近づいてくるでしょう。昔、この学校には心を患った先生がいて、廊下を走る生徒たちを次々と惨殺していたのだそうです。

　残念ながら、あなたは逃げ切ることができません。

　4階の天井から沁みだしていた血は、少し先の未来で惨殺された、あなた自身の血だったのですから。

五つめの不思議　入ってはいけない

　３階の女子トイレの一番奥の個室は、異次元と繋がっていて、ふとした瞬間に、異次元への扉がひらいてしまうそうです。
　FさんとGさんは、Hさんをいじめるのが日課でした。
　雪が静かに降りつもる、クリスマスイヴの日のことです。
　その日は２学期の終業式でした。FさんとGさんはHさんを呼び出すと、３階女子トイレの個室に閉じ込めてしまいました。そうしてホースを引っぱり出してきて、水攻めにしたのです。
　すると騒ぎを聞きつけたのか、パタパタと足音が近づいてきました。すりガラスの向こうに見えたのは、先生たちの姿です。
　FさんとGさんは、とっさに身を隠そうとしました。
　ところが、個室はひとつを除き、全て使用中だったのです。
「なんだよ、呪いの個室しか開いてねーし」
　Fさんは舌打ちしましたが、先生たちに見つかるわけにはいきません。二人は一番奥の個室に入ると、息を殺しました。
　Hさんは無事に、先生たちに助けられました。でも、FさんとGさんは、もう二度と奥の個室から出てきませんでした。
　FさんとGさんは、今も行方不明です。あとからわかったことですが、FさんとGさんがHさんに水をかけていたとき、そのトイレを利用していた生徒は他にだれもいなかったそうです。
　あのとき使用中だった個室には、いったいなにが入っていたのでしょうか。

六つめの不思議　音楽室のCDラジカセ

　音楽室の隅には、壊れたCDラジカセが置いてあります。
　午前0時に再生ボタンを押すと、CDが何も入っていなくても、ショパンの葬送行進曲が流れてきます。曲の最後には再生ボタンを押した人が、死ぬ直前に発する声が入っているそうです。
　I君はこれを、ぜひ試してみたいと思いました。
　ドラマなどでよく死に際した老人が、長年連れ添った妻の名前を呼んだりしますよね。I君は、それを期待したのです。I君は自分の未来の奥さんの名前を知りたかったのでした。
　夜まで学校に残っていたI君は、午前0時になると、CDラジカセの再生ボタンを押しました。ショパンの葬送行進曲が流れてきます。暗いピアノ曲が、やがて終盤にさしかかった頃でした。
　ギイィ。I君の背後で、音楽室の扉がひらきました。
　振り返ると、入り口に、小さな女の子が立っています。
　女の子の目は、ぽかりと穴があいたように真っ暗でした。
　I君が（まずい）と思う間もなく、女の子は走ってきました。
　トットットットットッ…トトトトトトトトトトトトトトト
　女の子の手には、大きな出刃包丁が握られていました。
「やめろ……やめろ、頼む、来るな、来る……ぎゃあぁぁ！」
　グシャッ。血が飛び散って、壁が一面真っ赤になりました。
　CDラジカセから、少し遅れて、I君の声が流れてきました。
『やめろ……やめろ、頼む、来るな、来る……ぎゃあぁぁ！』

七つめの不思議　140字の死亡宣告

　七つめの不思議……は、やっぱり、語らないでおきます。
　桜仙学院の七つめの不思議を知ってしまった人のところには、「血みどろさん」という恐ろしい化物(ばけもの)が現れるそうですから。「血みどろさん」というのは、踏切事故に遭(あ)って全身がばらばらになってしまった、かわいそうな女の子の幽霊です。
　なくしてしまった両足を探して、七つの不思議を知ってしまった【10代の】女の子のもとにやってくるのだそうですよ。
　布団から足を出して眠っていると、はみ出ている部分をのこぎりで切断して、持っていってしまうんですって。
　切りとられている間、あなたは金縛(かなしば)りに遭っていますから、身動きすることもできなければ、泣き叫ぶこともできません。
　翌朝には、あなたが失血死しているのが見つかるでしょう。

　……ああ、そういえば。
　わたしは読者のみなさんに、ひとつ、だいじなことをお伝えし忘れていました。
　それは、この番外編の前に深澤さんの体験談を読んだ人は、絶対に六つめの不思議まで読んではいけない、ということです。
（※番外編から読みはじめた、ひねくれ者は大丈夫！
いまならまだ助かりますから、すぐにこの本を閉じましょう。）
　さて、もうおわかりですよね？

そう。
七つめの不思議とは、この文庫の本編そのものだったのです。
深澤さんがご自身の体験をもとにして書いた本編こそが、わが校の七つめの不思議でした。
つまり。
素直に最初から順を追ってここまで読んでしまったあなたのもとには、今日から42日後に血みどろさんがやってきます。
のがれる方法は、ふたつだけあります。
まずひとつは、42日以内に、あなたが20歳になること。
え、……あなたはまだ、19歳にもなっていないのですか!?
それは大変!!
でも泣かないでくださいね。
まだひとつ、助かる方法が残っているのですから。
その方法はね、と言いたいところですが――。
……残念!
それをお伝えするには、今度は枚数が足りないようです（汗）
大変申し訳ないのですが、助かる方法は、自分でなんとか見つけてください。
無責任だって？
そんなこと言われたって困りますよ。
だってわたし、人を呪うことだけが生きがいなんだもん！
それではみなさん、楽しい楽しい学校生活を♪
（文・桜仙学院高等学校文芸部　１年　四辻美紗(よつじみさ)）

あとがき

　はじめまして。
　わたしの名前は、深澤えりかといいます。

　このお話は、2014年9月からはじまっていますが、実際には、去年のことです。
　わたしはいま、桜仙学院高校（この学校名は、仮名です）に入ってから、2度目の春を迎えようとしています。
　……いえ。
　おそらくわたしが春を迎えることはないでしょう。
　すでに、彼女に身体をのっとられかけているからです。
　この本が出る頃には、わたしはきっともういません。
　深澤えりかの皮をかぶった、別の何かが残るだけです。
　わたしは、幽霊だとか、呪いだとか、
　そんなものは、全然信じていなかったのです。
　ですから1年前のわたしは、1年後の自分がまさかこんなことになっているなんて、思いもしなかったでしょうね。
　大切な人を、みんな亡くしてしまうなんて。
　自分さえも、失くそうとしているなんて。

わたしは出版にあたって、このお話がさもフィクションであるかのように見せるために、作中で「報道関係者がたくさん学校に詰めかけた」というような記述をしました。
　でも、それは嘘(うそ)だったんです。ごめんなさい。
　実際はすべての不審死を、学校はうまく隠蔽(いんぺい)したのです。
　警察や病院以外の第三者に、少しも嗅(か)ぎとられることなく。
　わたしたち生徒には、いまも、緘口令(かんこうれい)がしかれています。
　みんな、先生たちの言うことに素直に従っています。
　あたりまえですよね。
　母校の名に傷がついて、得する人なんていませんもの。
　……でも、わたしは怖かったのです。
　ひとりで抱えているのが、つらかった。
　だから文章を書いて、公表することで、ひとりでも多くの方にこの事実を知っていただきたかったのです。
　わたしの話を聞いてくださって、ありがとうございました。
　本当はもっとたくサン感謝の気持ちをお伝えしたイけレド。
　もウ思イ通りに文字が打てナくナッテきテシまいマした。
　コレで、ほんトうニお別レみタいです．さよウなｒｒｒ

四辻美　深澤えりか

★この作品はフィクションです。実在の人物・団体・事件などにはいっさい関係ありません。

249

ピンキー文庫公式サイト

pinkybunko.shueisha.co.jp

★ ファンレターのあて先 ★

〒101-8050　東京都千代田区一ツ橋2-5-10
集英社 ピンキー文庫編集部 気付
深澤えりか先生

♡ピンキー文庫

拡散希望
140字の死亡宣告

2014年8月27日　第1刷発行

著者　深澤えりか
発行者　鈴木晴彦
発行所　株式会社集英社
　　　　〒101-8050　東京都千代田区一ツ橋2-5-10
　　　　【編集部】03-3230-6255
　　　　電話【読者係】03-3230-6080
　　　　【販売部】03-3230-6393(書店専用)
印刷所　図書印刷株式会社

★定価はカバーに表示してあります

造本には十分注意しておりますが、乱丁・落丁(本のページ順序の間違いや抜け落ち)の場合はお取り替え致します。購入された書店名を明記して小社読者係宛にお送り下さい。送料は小社負担でお取り替え致します。但し、古書店で購入したものについてはお取り替え出来ません。なお、本書の一部あるいは全部を無断で複写複製することは、法律で認められた場合を除き、著作権の侵害となります。また、業者など、読者本人以外による本書のデジタル化は、いかなる場合でも一切認められませんのでご注意下さい。

©ERIKA FUKAZAWA 2014　Printed in Japan
ISBN 978-4-08-660126-9 C0193

「オマエさ、どっちの奴隷なの?」
「…はいっ?」
魔王様と鬼神様。恋のウイニング・ショットを放つのはどっち?

キミとの季節

WINNING SHOT

梨里緒

テニス部のドSな魔王・広大(コウダイ)と鬼神・夏樹(ナツキ)。二人とも私を特訓する気満々なんですけどっ…。インターハイ優勝目指そうとか言ってますけどっ…。それ以前に、その笑顔は反則です……。2014年セブンティーン携帯小説グランプリで圧倒的支持を得てグランプリに輝いた、胸キュンいっぱい★涙あり笑いありの青春純愛ストーリー!

好評発売中　ピンキー文庫

こんなにも大好きなのに…。
叶わない恋だって分かってる。
けれど、どうしても。
君を好きになるのを止められないよ。

通学模様
~君と僕の部屋~

みゆ

アイドルグループ『FEEL』のリュウは、琥珀にとって理想の王子様。彼を追いかけるうちに、クラスメイトの七瀬がリュウと幼なじみと知って…!? 私は君を知っているのに、君は私を知らない。だって、私が見る君は。雑誌やテレビの中でだけ。君と恋ができるのなら、私は、なんだってできるよ…!　大人気「通学」シリーズの胸きゅんな最新作！

好評発売中　ピンキー文庫

通学電車の中で突然抱きしめられて、
ついアッパーカットをお見舞い!
さんざんな出会いから始まる
ハッピーラブストーリー!

駅恋 Tinker Bell

くらゆいあゆ

青葉西高に転校した初日。通学電車の中で、みょうに色気のある長身の男子が爆睡していて…。目を覚ました男子は華乃をガン見してきて、固まっていると突然抱き締められた! パニクった華乃はアッパーをお見舞いした挙げ句、駅員に痴漢として突き出してしまい……。『駅彼』『駅恋 Sweet blue』とリンクするもうひとつの「駅」の恋物語。

好評発売中 ピンキー文庫

「都市伝説」——。
なんとなく耳にしたことのある
不思議な噂が本当だとしたら……!?
ピンキー文庫初★本気で怖いホラー小説!

都市伝説
ねぇ、つぎはだれ？

七恵・亜月亮

信じていたものがある日突然あなたを襲ってきたら…？ 「高杉三輝と別れなさい」怪しい女性がある日突然、恋人と別れるよう忠告をしてきて…？ なんでも、恋人が殺人鬼だからだと言うのだが…？
「蘇る殺人鬼」ほか、「サンタクロース」「街」など、身の毛もよだつ恐怖の「都市伝説」6編に加え、特別描き下ろしマンガも収録!!

好評発売中 ピンキー文庫

いつも3人一緒だった…。
高校受験を目の前に、
あの悲しい事件が起こるまでは──
ただ、君のそばにいたいだけなのに…。

誰よりも君のそばに…

ひな

ユズと華依、流星の3人は、ちいさいときからいつも一緒だった。いつも3人で楽しかったし、夢も追いかけてきた…。3人が3人じゃなくなって、ユズと流星はもとの関係ではいられなくなった。同じ高校に入って、サッカー部に入った2人だったけど、もとのようには笑い合えなくて…。切なすぎる恋の行方は…!? 大ヒットシリーズ『君に伝えて…』作者ひなの最新作!

好評発売中　ピンキー文庫